NOËL & PRÉJUGÉS

NOËL & PRÉJUGÉS

par

Tonie Behar
Marie Vareille
Isabelle Alexis
Sophie Henrionnet
Adèle Bréau
Marianne Levy

Histoires drôles et romantiques
pour un Noël magique

CHARLESTON
POCHE

10, place des Cinq-Martyrs-du-Lycée-Buffon
75015 Paris – France
www.editionscharleston.fr

ISBN : 978-2-36812-465-9

Maquette : Patrick Leleux PAO

Pour suivre notre actualité, rejoignez-nous sur Facebook (Editions.Charleston), sur Twitter (@LillyCharleston) et sur Instagram (@LillyCharleston) !

Isabelle Alexis, Tonie Behar, Adèle Bréau, Sophie Henrionnet, Marianne Levy et Marie Vareille forment la #TeamRomCom, un collectif d'auteures de comédies romantiques à la française.

À elles six, elles comptabilisent 30 romans, 15 éditeurs, 8 blogs, 1 site féminin, 15 cocktails préférés, un nombre inavouable de héros irrésistibles et 68 scènes de sexe et demie…

Elles livrent ici, pour la deuxième fois, leur interprétation décalée de la romance de Noël.

À Jane Austen,
et à toutes celles qui comme nous,
sont tombées désespérément amoureuses de Mr Darcy.

Par ordre d'apparition

COMME UNE PRINCESSE DISNEY

Noël 2014

Tonie Behar

Tout avait bien commencé pourtant. Le jour où Juliette, ma sœur préférée, m'avait annoncé qu'elle voulait déjeuner avec moi pour me donner mon cadeau de Noël en avance, je ne m'étais pas méfiée, au contraire. Quand on prononce le mot « cadeau », je frétille comme la fée Clochette devant Peter Pan ! J'aime (presque) autant en offrir qu'en recevoir. À peine s'était-elle assise en face de moi que Juliette m'avait tendu une grande enveloppe argentée. J'avais découvert la photo d'un château de conte de fées perché au sommet d'une montagne scintillante de poudreuse. Juliette avait imprimé un message en lettres anglaises au-dessus de l'image :

« Pour Eva.

Bon pour un séjour de princesse

au château d'Aiguebelle. »

En voyant la vieille bâtisse (à vue de nez origine XVIe siècle, modifiée au XIXe) et ses multiples tours rondes coiffées de neige, mon cœur avait fait boum ! Le coup de foudre. J'avais tout de suite imaginé un séjour de rêve avec Juliette : les restaurants d'altitude où nous irions nous gaver de fondues savoyardes et de raclettes et les soirées confidences sur un grand lit à baldaquin en buvant du chocolat chaud à la crème chantilly. Ma sœur m'offrait le plus merveilleux des cadeaux !

Depuis que je suis toute petite, les châteaux me font rêver : j'ai d'ailleurs fait une licence d'histoire de l'art avant mon master en marketing et événementiel. Juliette dit toujours que dans ma tête je suis une princesse Disney. J'aime les vêtements roses, les robes décolletées, toutes les couleurs de vernis à ongles et, surtout, les vieux castels de province au passé oublié ! J'avais retourné la photo et mes rêves s'étaient effondrés comme un château de cartes : un séjour détox ! Quatre jours à brouter des carottes crues et me noyer sous des litres de tisane qui pue. Toute seule. C'est-à-dire l'exacte définition du cauchemar. Quand je pense que c'est bientôt Noël et que j'ai pris une semaine de vacances juste pour aller boire des coups avec mes copains et m'empiffrer de bûche aux marrons chez mes parents.

— Tu vas enfin pouvoir découvrir le concept de détox ! Dans ton métier, tu as besoin de connaître tous les trucs *hype*.

— C'est génial ! Merci, Juliette ! C'est vraiment adorable de ta part, avais-je répondu en pensant qu'elle se privait sans doute de ses propres vacances pour m'envoyer maigrir en Sibérie.

Ma famille m'a toujours foutu la paix avec mes kilos. Mais depuis que j'approche de la trentaine (c'est-à-dire dans trois mois et huit jours), c'est la panique à bord ! Ils sont terrifiés à l'idée de me voir rester célibataire. À les entendre, plus tu prends de place, moins on te voit. J'ai droit à des allusions plus ou moins subtiles, des conseils « mine de rien », des invitations dans des restaurants raffinés avec trois légumes dans l'assiette, et maintenant ce séjour forcé derrière lequel je vois un complot familial ourdi par ma mère, mon père, et mes quatre sœurs.

Mon poids, c'est ma croix. Ou plutôt : le regard des autres sur mon poids, sur mes formes, sur moi. Je vis bien avec mes kilos. Au fond j'assume mes rondeurs, je trouve ça sexy. Et puis j'aime montrer que je ne suis pas une petite chose fragile qu'on peut écraser. Je suis grande, je suis forte et je ne me laisse pas faire. Dans mon métier, où les gens passent la moitié de leur temps à t'embrouiller et l'autre moitié à te marcher dessus, cela m'a souvent été très utile pour m'imposer. Ce que je voudrais, c'est un mec qui m'aime telle que je suis, avec mes formes et ma personnalité. Est-ce trop demander à l'univers ?

***

Jour 1. Dimanche 21 décembre 2014

Voilà donc comment j'ai atterri au château d'Aiguebelle. À l'heure actuelle, je suis étalée sur mon lit qui n'est même pas à baldaquin, je boude toute seule dans ma chambre. Dehors il doit faire moins cinquante degrés. La neige tombe sans discontinuer depuis notre arrivée. Par la fenêtre, j'aperçois en contrebas le lac d'Aiguebelette aux reflets d'acier sous le ciel blanc. Dire que les lieux sont spectaculaires est un euphémisme. Ici, tout est sublime, sauf ce que nous mangeons ! Pendant quatre jours, ce sera fruits et légumes sous toutes les formes. Une monodiète destinée à nous nettoyer le corps de tout ce qui est mauvais pour lui. Malheureusement, ce qui est bon pour ma santé est exécrable pour mon moral, et inversement ! Depuis quatre jours, je suis d'une humeur de dragon. Pour que ma détox soit efficace, j'ai dû entamer la « descente » à Paris, c'est-à-dire éliminer chaque jour une catégorie d'aliment.

Mardi, j'ai supprimé les excitants : le thé, le café et l'alcool (comment survivre sans café ? sans vin ? sans champagne ?).

Mercredi, la viande, le poisson et les légumineuses (la bonne nouvelle est que je peux facilement supporter une vie sans lentilles ni flageolets).

Jeudi, les céréales (adieu baguette, croissants, riz et spaghettis).

Vendredi, les produits laitiers (noooon, pas le fromage !).

Ce matin, je n'avais plus droit qu'aux fruits, aux légumes et aux oléagineux, autant dire que je m'étais jetée sur mon petit sachet d'amandes comme la faim sur le monde.

Après un voyage en train jusqu'à Chambéry et un trajet en minibus, nous sommes arrivés en début d'après-midi au château, où une collation nous attendait : une salade de légumes « racines », carotte, radis et céleri-rave, et une autre de haricots verts et pois gourmands aux fines herbes. Je dois avouer qu'après avoir ingurgité tout cela, je n'avais plus trop faim. La souffrance est surtout psychologique, car manger (gras et sucré) est un de mes grands plaisirs sur Terre, et les racines, c'est vraiment trop triste.

Marie-Jeanne, la naturopathe qui organise ce séjour, nous a ensuite montré nos chambres. Je me demande ce que ça fait de porter un nom de drogue. Je me retiens à chaque minute pour ne pas l'appeler Marijuana. Elle a annoncé que nous avions quartier libre jusqu'en fin d'après-midi, où un cours de yoga nous sera donné dans le salon de musique au rez-de-chaussée.

***

Je décide de visiter le château, parce que rester enfermée dans ma chambre comme la Belle au Bois dormant, ce n'est pas mon truc. Il est somptueux. Les parties du XVIe siècle comme le grand escalier de pierres typiquement Renaissance, le vestibule et sa cheminée gigantesque sont à couper le souffle. Ainsi que je l'avais supputé, il a dû être agrandi et réaménagé au XIXe siècle, ce qui le rend assez confortable. Au premier étage, je découvre une longue salle de bal totalement vide, dotée d'une série de hautes fenêtres offrant une vue sur le lac en contrebas et la montagne juste en face. Aussitôt, la princesse Disney en moi se voit tournoyant sous les lustres en cristal entre les bras d'un beau ténébreux. Puis ma nature professionnelle prend le dessus : j'imagine les événements fantastiques qu'on pourrait organiser ici. Je travaille dans une agence d'événementiel et on est toujours à la recherche d'endroits spectaculaires pour nos clients. En poussant une porte en bois ouvragée, je pénètre dans une bibliothèque qui doit être située dans une des tours puisqu'elle est toute ronde, avec des rayonnages de bois sombre qui montent jusqu'au plafond. Curieuse, je m'approche et prends un livre au hasard sur une étagère, une belle édition ancienne avec une couverture rouge reliée et dorée à l'or fin. C'est *Orgueil et Préjugés* de Jane Austen. Je souffle doucement sur la poussière. L'ouvrage craque quand j'ouvre ses pages. Je me demande depuis combien de temps il dort, oublié dans cette bibliothèque. Une bise glaciale venue tout droit du pôle Nord s'infiltre soudain par la cheminée qui semble hurler à la mort. Dehors la nuit est tombée et j'ai trop froid. Je remonte avec l'idée de me réfugier sous ma couette et de commencer à lire.

Ma chambre est un havre de paix et de chaleur. Des tapis d'Orient viennent réchauffer le sol en pierre, les lourds rideaux roses interdisent au vent de s'aventurer à l'intérieur, je pourrais même faire un feu si l'envie m'en prenait parce qu'un beau fagot de bûches est disposé dans la cheminée, mais j'ai la flemme.

« C'est une vérité universellement reconnue qu'un célibataire pourvu d'une belle fortune doit avoir envie de se marier, et, si peu que l'on sache de son sentiment à cet égard, lorsqu'il arrive dans une nouvelle résidence, cette idée est si bien fixée dans l'esprit de ses voisins qu'ils le considèrent sur-le-champ comme la propriété légitime de l'une ou l'autre de ses filles... »

Haha ! J'aime bien le ton ironique de miss Austen. Je m'apprête à savourer ma lecture quand je reçois le texto de Marie-Jeanne nous informant que le cours de yoga va commencer. Franchement, par respect pour Juliette, je joue vraiment le jeu de cette maudite détox, mais le yoga, là tout de suite, c'est au-dessus de mes forces. Je me rattraperai demain matin avec la séance de sophrologie (rien ne me sera épargné !). Je décide de sécher et de retourner en Angleterre au XIXe siècle. J'ai envie de découvrir la célèbre histoire écrite par Jane Austen.

Je suis tirée de ma rêverie par le tintement de mon téléphone. Un nouveau SMS de Marie-Jeanne m'annonce que le dîner sera bientôt servi dans la salle à manger située au rez-de-chaussée, côté lac. Incroyable ! Je me suis tout bonnement endormie, le nez collé sur la page où cette pauvre Mrs Bennet supplie son mari d'aller saluer Mr Bingley, le jeune célibataire qui vient de s'installer dans le château voisin.

Quelques instants plus tard, je me retrouve dans une grande pièce au sol en damier de marbre noir et blanc. À vue de nez, je dirais que cette salle à manger, avec ses moulures ouvragées et sa cheminée de pierre, a été restaurée au XVIIIe siècle. C'est ce qui est merveilleux avec les châteaux. Chaque génération apporte sa touche personnelle et son « goût du jour ». Au centre de la grande table est posée une soupière en porcelaine de laquelle s'échappe un fumet étrange. Voyant ma mine terrifiée, Marie-Jeanne m'assure qu'un simple mélange de poireaux-carottes-courgettes et thym frais ne va pas me manger. Certes. Mais je ne suis pas sûre de le manger non plus !

Un rapide coup d'œil me permet de voir que tous les détoxés sont déjà là. Je suis la plus jeune et aussi la plus ronde, à croire qu'il n'y a que les gens minces qui veulent maigrir. Ici la moyenne d'âge oscille entre quarante et cinquante ans, avec une petite pointe à soixante : c'est Michel, une baraque chauve et musclée comme Monsieur Propre. Dans le train, il m'a raconté quelques épisodes assez marrants de sa jeunesse punk, quand il était coiffé d'une crête bleue d'Iroquois. Le groupe se compose également d'un couple de bobos cool : Carine et Fabrice, et d'une petite bande de trois copines venues de Lyon en célibataires, Louise, Valérie et Clémence – la plus spectaculaire étant Louise, une brune qui me fait penser à Victoria Beckham. Je me demande ce qu'elle fait là. Si elle maigrit encore, elle perd un os !

Évidemment, avec une soupe de légumes pour tout potage, le dîner est vite expédié. Je me suis resservie trois fois parce que j'ai faiiiimmmm (et j'avoue, ce n'était pas si mauvais). Marie-Jeanne nous invite alors à une petite discussion au coin du feu sur l'alimentation. Ces gens doivent penser que parler de manger suffit à nous nourrir ! Nous passons dans un salon de musique adjacent. Un grand piano à queue trône près de la fenêtre enneigée. Au mur sont accrochées des gravures représentant divers instruments de musique (violon, violoncelle, viole de gambe…). Je me demande combien de pièces il y a encore dans ce château. C'est fascinant.

Je m'assois à côté de Valérie, qui est la deuxième plus ronde du groupe.

— Je suis là pour maigrir avant le mariage de mon ex. Il m'a invitée, ce salaud. Et toi ? chuchote-t-elle à mon oreille.

— Ce séjour est un cadeau de ma sœur. Perso, je me fous complètement d'être mince.

Elle hausse les sourcils et me dévisage de haut en bas, puis de bas en haut.

— Fais quand même attention à ta santé, Eva. Le surpoids, c'est l'ennemi du corps.

— Et le pantacourt, c'est l'ennemi du style !

C'est parti comme une balle. Je la fixe froidement jusqu'à lui faire ravaler son sourire gentillet. Elle tire sur le tissu de son affreux vêtement et détourne le regard. Pourquoi les gens se croient-ils autorisés à donner leur opinion sur MON physique ? C'est ahurissant. Je lui tourne le dos pour l'ignorer ostensiblement. C'est ma spécialité. Il suffit d'une infime vexation pour que je me ferme comme une huître, hermétique au moindre contact avec l'extérieur.

— Pendant cinquante millions d'années, nos ancêtres primates se sont nourris à 80 % de fruits, légumes, tubercules, racines et noix…

Marie-Jeanne a commencé sa conférence. Je me force à l'écouter, peut-être que ça va me calmer.

Quand j'ai des pics de rage contenue comme ça, j'ai du mal à redescendre.

— Or nos gènes ont très peu évolué depuis l'*Homo sapiens*, continue Marie-Jeanne de sa voix douce.

Même si elle me paraît complètement perchée, j'ai apprécié cette femme dès que je l'ai vue. Elle a un truc, elle ne juge pas et essaie de faire plaisir à tout le monde. Par exemple, elle m'a donné la chambre avec des rideaux roses.

— Nous sommes donc génétiquement conçus pour manger 80 % de végétaux. Or aujourd'hui nous avons adopté un comportement inverse : nous consommons à peine 20 % de fruits et légumes et 80 % de protéines animales, de céréales et de produits transformés…

Un élément perturbateur vient d'entrer dans mon champ de vision. Une personne de mon âge ! De sexe masculin pour être précise, avec des cheveux châtains et une giga barbe de bûcheron. Le type s'arrête, l'air très surpris de nous voir, son regard scanne l'assistance sans un mot, puis il pénètre dans la pièce d'à côté (encore une !) en claquant la porte. Je me demande qui est ce gars. Le palefrenier ? Le garde-chasse ? L'intendant ? Au secours ! Voilà que je parle comme dans un roman de Jane Austen maintenant.

Évidemment, une fois remontée dans ma chambre, je tourne en rond. Il est vingt-trois heures. Tout le monde ici se couche avec les poules, je n'ai pas l'habitude. Dans mon métier, on passe ses journées à préparer des soirées et les nuits à faire la fête en veillant à ce que tout se passe bien jusqu'au bout.

Du coup, je ne m'endors jamais avant deux ou trois heures du matin. Que faire ? *Orgueil et Préjugés* me tend ses pages, mais je suis trop énervée pour lire. Certaines paroles de Marie-Jeanne sur les aliments transformés tournent dans ma tête. Comment les dirigeants des entreprises de bouffe industrielle peuvent se regarder dans un miroir en sachant qu'ils nous empoisonnent ?

Je m'emmitoufle dans un gros sweat et décide de poursuivre la visite du château. Au salon de musique, le feu continue à rougeoyer dans la cheminée autour de laquelle nous étions réunis. Je m'approche car j'aimerais découvrir ce qui se cache derrière la porte où a disparu le type de tout à l'heure. La main sur la lourde poignée de bronze, je m'apprête à entrer quand j'entends des éclats de voix étouffés par l'épaisseur des murs. Je reconnais le timbre doux de Marie-Jeanne. Curieuse, je colle mon oreille contre le bois ouvragé de la porte.

— Il faut te rendre à l'évidence, c'était une folie, Daniel. Cette baraque est un gouffre dans lequel tu vas te noyer.

— Tu n'as pas à me dire ce que je dois faire, Weed.

— Ne m'appelle pas comme ça !

— Tu préfères Cannabis ?

Je me mords les lèvres pour ne pas pouffer bruyamment. D'accord, il n'y a pas que moi que le prénom de Marie-Jeanne inspire !

— Ta vie est un cauchemar depuis que tu as acheté ce château : tu ne vois personne, tu ne contactes plus tes amis, tu passes tes soirées tout seul, le nez dans les chiffres à te demander comment tu vas t'en sortir.

— Écoute, Weed, je te remercie d'organiser tes séjours détox ici pour renflouer un peu mes comptes. J'apprécie, mais je préférerais que tu t'occupes de tes soupes et que tu me laisses gérer mon truc.

— Tu es mon neveu, c'est normal que je m'inquiète ! Tu ne veux pas venir faire la balade avec nous demain matin ? Ça te ferait du bien de voir des gens. Et puis tu pourrais faire connaissance avec Eva, elle est de ta génération et elle est ravissante.

— La blonde que j'ai vue tout à l'heure ? Elle est bien trop grosse pour me tenter !

J'ai décollé l'oreille de la porte comme si elle me brûlait. Quel connard ! Non mais pour qui il se prend ! Je grimpe l'escalier comme une flèche et retourne dans ma chambre en courant. Ce sale type, avec son ignoble barbe d'ermite, pourrait crever devant moi, je ne lui adresserais pas la parole du séjour.

***

Jour 2. Lundi 22 décembre 2014

On en apprend tous les jours. J'ignorais qu'on pouvait regarder une montagne et lui piquer son « énergie » rien qu'en respirant fort par le nez, c'est chose faite depuis la séance de sophrologie de ce matin. À peine réveillés, Marie-Jeanne nous a offert une tasse d'eau chaude parfumée de quelques

gouttes de citron avant de nous entraîner à l'extérieur sur la terrasse, face au lac. La neige s'est arrêtée de tomber, le lac est vert émeraude sous le soleil et tout le paysage est d'un blanc immaculé, c'est féerique. C'était parti pour des exercices de respiration et de visualisation.

— Inspirez, prenez toute l'énergie de la roche, photographiez mentalement le paysage, soufflez !

Marie-Jeanne n'a pas besoin de fumer, elle a dû tomber dedans quand elle était petite. Après un jus pomme-kiwi et des fruits à volonté, nous partons, emmitouflés comme des Esquimaux.

— Avec ta doudoune rose, on dirait une glace à la fraise ! me lance Michel en me dévorant d'un regard dégoulinant comme un Mr. Freeze fondu.

— Pfff ! Un Magnum alors !

C'est Louise qui a chuchoté dans l'oreille de sa copine Valérie. Sauf que j'ai entendu.

— Je préfère ressembler à un Magnum fraise qu'à un bâton de réglisse !

Ai-je parlé assez fort ? La Lyonnaise fait celle qui n'a pas entendu et se tourne vers Marie-Jeanne :

— Ton neveu est adorable. J'ai discuté avec lui ce matin, il est passionnant ! Tu devrais lui dire de se joindre à nous.

— Je lui proposerai, mais j'en doute.

Le programme de la matinée est une randonnée autour du lac d'Aiguebelette (quatorze kilomètres de marche, tuez-moi !). Juliette a omis de me préciser un détail de mon programme féerique : chaque jour, une activité sportive de quatre heures minimum. Associé à la monodiète, c'est paraît-il le meilleur moyen pour nettoyer le corps de toutes ses toxines. Après une descente assez abrupte le long d'un sentier de montagne, la marche autour du lac est plus tranquille. Une fine couche de glace transparente comme une vitre recouvre ses eaux translucides. Marie-Jeanne nous explique que les bateaux à moteur sont interdits pour préserver la faune aquatique et la qualité des eaux. Le lac est une réserve naturelle où les espèces sont protégées. Nous admirons au passage d'adorables maisons en bois sur pilotis qui bordent le rivage. Je suis tellement sous le charme que je ne vois pas passer les quatorze kilomètres de la balade. Après une pause pour grignoter des bâtonnets de carotte et de concombre, on remonte vers le château. Je discute avec Carine, une grande brune au sourire chaleureux et au teint bronzé. À quarante-quatre ans, elle a décidé de changer de vie et a quitté son job dans la banque pour aller vivre à Barcelone avec son mari. Ils ont monté une entreprise d'huiles essentielles bio et elle me vante les vertus de son mélange anti-courbatures.

— Après la douche, tu masses les zones douloureuses avec un mélange de dix gouttes de macadamia et cinq gouttes de romarin à cinéole, c'est radical. J'en ai dans ma chambre, je peux t'en passer si tu veux.

— Pas la peine, je ne me sens absolument pas fatiguée ! J'en suis d'ailleurs très étonnée ! On n'a quasi rien mangé et je n'aurais jamais cru avoir la force de marcher aussi longtemps, sans compter l'escalade !

Carine me regarde avec son grand sourire.

— C'est le secret ! Ce qui nous fatigue, c'est la digestion. Elle nous pompe une énergie folle. Tu remarques qu'après un repas assez lourd, tu as envie de dormir. À l'inverse, en ce moment on sollicite très peu notre estomac. Du coup on a la pêche.

— Je n'avais jamais vu les choses sous cet angle !

C'est alors que je remarque de petites traces rouges sur la neige, rondes comme des fruits. Je me penche en me demandant si ce sont des airelles ou des boules de houx, mais à ma grande stupeur, je constate qu'il s'agit de taches de sang !

— Regarde, il y a des traces de pas à côté. Peut-être un blessé qui a besoin d'aide ! Tu viens avec moi ?

— Ce sont de toutes petites gouttes de rien du tout ! Sans doute quelqu'un qui saigne du nez. On est bientôt arrivés au château. J'avoue que je rêve de rentrer au chaud.

Je décide d'abandonner Carine et de suivre les traces. Nez qui saigne, blessure ou règles qui fuient… dans tous les cas, quelqu'un est dans la mouise. Ai-je précisé que je suis de nature curieuse, avec une légère tendance à me mêler de ce qui ne me regarde pas ?

Dix minutes plus tard, j'arrive devant un chalet aux murs de pierres sèches. La porte en bois est grande ouverte. Je pénètre directement dans la grande pièce qui occupe tout l'espace. Il flotte dans l'air une odeur bizarre, comme de l'alcool ou du formol. Sur une grande table de ferme est allongé un petit renard au regard affolé. Il est immobilisé par une sangle et sa patte arrière est ensanglantée. Je me sens vaciller. Le spectacle de l'animal qui souffre, avec du vrai sang qui coule, s'avère au-dessus de mes forces.

Derrière la table, le neveu de Marie-Jeanne est en train de nettoyer la plaie avec des gestes doux et précis. Ses mains sont élégantes comme celles d'un pianiste, avec de longs doigts qui soignent en voltigeant, sans rudesse aucune. Il lève les yeux vers moi.

— Sympa, la doudoune ! Je ne savais pas qu'ils faisaient ce modèle en taille adulte !

Je respire profondément en pensant à cette putain d'énergie de la montagne pour retrouver mon aplomb. Des dizaines d'insultes cinglantes me montent aux lèvres, mais j'ai décidé que je n'adresserais pas la parole à cet homme, je me contente de le mitrailler du regard. Si mes yeux étaient une Uzi, le gars serait raide mort.

— Tu es Emma, c'est ça ? Ma tante m'a parlé de toi. Tu peux me passer le fil et l'aiguille que j'ai laissés près de l'évier, s'il te plaît.

Eva ! Bougre de connard ! Je suis prête à faire demi-tour, mais le renard qui s'agite sur la table en couinant de douleur me retient. Je dois l'aider. Sans un mot, je me dirige vers l'évier en Inox au-dessus duquel est rangé tout un matériel médical et attrape ce qu'il m'a demandé. Dans un coin près de la cheminée, je repère un lit en désordre surmonté d'une montagne de couettes. C'est donc ici que l'ermite doit habiter pour nous éviter. Je pose le matériel à côté de lui sur la table de ferme. Toujours avec beaucoup de délicatesse, le type fait une piqûre sur la patte du renard. Je déteste les piqûres. Elles piquent, elles font des trous dans la peau. Elles aspirent le sang ou injectent des produits qui brûlent. C'est une horreur. Je respire à nouveau fortement en invoquant l'air pur des cimes, la puissance de la roche à la rescousse... mais ça marche très moyennement

L'animal cesse peu à peu de geindre.

— Un anesthésiant léger, m'informe-t-il en commençant à coudre.

Le pauvre renard sursaute en hululant lamentablement. Cette fois, c'en est trop ! L'aiguille qui se plante dans la chair, le fil, la plaie, le sang... j'ai chaud, j'ai froid, j'ai la tête qui bourdonne. Je tourne de l'œil et m'écroule d'un coup sur le parquet comme un esquimau à la fraise fondu.

— Hé ho ! Hé ho ! Emma !

— C'est EVA ! Pauvre imbécile !

— Ah, tu vas mieux !

Penché au-dessus de moi, il me tend un verre d'eau, que je bois avidement.

— Merci.

— Bon. Tu peux m'aider ou tu vas encore t'évanouir comme une princesse Disney ?

Je ne peux m'empêcher de sourire intérieurement. Il m'a reconnue !

— C'est bon, on peut y retourner.

— OK. Lave-toi les mains avec le gel désinfectant et tiens-lui la patte.

Le barbu reprend sa couture en silence. Je remarque la ligne harmonieuse des sourcils, son front haut sur lequel ses cheveux retombent en mèches souples d'un beau châtain mordoré. Il coupe le fil et tamponne les points de suture avec un coton imbibé d'alcool.

— Voilà, mon bonhomme ! Tu vas être bientôt remis sur pattes.

Son regard se voile de tristesse alors qu'il caresse la tête de l'animal, là où la fourrure semble si douce, entre les deux yeux. Évidemment, en tant que Disney addict, je ne peux m'empêcher de chercher des ressemblances entre ce renard et Robin des Bois. On retrouve un peu Robin, le sourire en moins bien sûr. Pauvre petit.

— Qu'est-ce qui lui est arrivé ?

— Il a été pris au piège.

Tristement, il brandit sous mon nez un objet métallique infernal qui a tout de l'instrument de torture, et auquel sont restés accrochés quelques poils et une traînée de sang. Je manque m'évanouir à nouveau.

— C'est le dixième que je trouve. Mais ça ne va pas se passer comme ça, ils n'ont pas le droit de poser des pièges dans mon territoire ! J'ai déjà prévenu la municipalité que c'était un refuge ici, un sanctuaire.

Il montre du doigt une grande carte accrochée au mur. Je reconnais le château et son domaine, dont les frontières sont délimitées par des pointillés. Je n'imaginais pas qu'il était si grand.

— Je me demande toujours comment on peut leur vouloir du mal. Je ne sais pas quoi faire pour les protéger, continue l'ermite. Si je pose une clôture, les animaux non plus ne pourront plus passer.

J'observe le renard qui reste allongé sans bouger, les yeux fermés. Il est beaucoup plus petit que ce que j'imaginais : la taille d'un chien moyen, avec une belle queue touffue qui me fait horriblement penser à la fourrure qui borde la capuche de ma doudoune.

— Quand je pense que les chasseurs ont réussi à faire classer le renard comme un nuisible et ont ainsi obtenu l'autorisation de le tuer toute l'année. Ces salauds ! Alors que les renards sont très utiles. Ils chassent les rongeurs et évitent leur prolifération, se nourrissent d'animaux blessés, empêchant ainsi les maladies de se répandre.

Je m'approche et passe timidement mon doigt sur la tête de la bestiole. C'est doux et chaud, comme le pelage d'un chien.

— Pauvre petit cœur.

— Je suis sûr que c'est pour leur fourrure que ces enfoirés posent les pièges. Mais je ne les laisserai pas faire.

Le renard ouvre les yeux et commence à japper doucement. On dirait qu'il se sent mieux.

— Attends, mon bonhomme, je vais quand même poser un bandage autour de ta blessure avant de te laisser aller te promener.

Il enroule rapidement une bande de gaze autour de la patte blessée, vaporise de produit imperméabilisant, détache le renard et le pose sur le sol. La petite bête s'éloigne en boitant légèrement, ce qui me fend le cœur. Son soigneur me tend la main, comme pour me dire au revoir ou sceller un pacte. Je la regarde sans rien dire, puis finis par la lui serrer lentement. Il sourit, et plante son regard dans le mien. Je suis cuite.

— Moi, c'est Daniel. Merci pour ton aide, Emma.

Je m'apprête à hurler « EVA !! », mais me retiens en voyant une lueur malicieuse briller dans son regard. Il se moque encore de moi.

— Je l'ai fait pour lui. Pas pour vous.

Je quitte le chalet triste et furieuse. Le neveu de Marie-Jeanne est un mec bien… qui me trouve trop grosse pour lui. *The story of my life !* Il faut absolument que j'évite de le recroiser si je veux ménager mon moral. Comme si faire une détox n'était pas déjà assez déprimant comme ça !

***

Jour 3. Mardi 23 décembre 2014

Incroyable. Je commence à apprécier mon séjour. En premier lieu parce que c'est absolument génial de vivre dans un château. Je le savais, c'est fait pour moi ! Et même si ce n'est que pour quelques jours, l'expérience en vaut la peine. J'adore explorer les multiples pièces de la baraque, imaginer comment je pourrais les décorer et quels événements y organiser, j'aime traîner seule dans la bibliothèque et retrouver tout le monde le matin dans la grande cuisine pour un petit déjeuner qui se compose pourtant d'un pauvre Miam-ô-fruits (de la banane écrasée avec des graines, du citron, des morceaux de fruits) et non de délicieuses tartines de confiture, j'adore les soirées au coin du feu dans le salon de musique avec le petit sapin de Noël qui scintille de toutes ses guirlandes. J'adore, la nuit venue, retrouver ma grande chambre rose. Et puis, je tiens une forme olympique alors que je ne mange quasi rien. Je savoure cette impression nouvelle de me sentir enfin beaucoup plus LÉGÈRE. C'est une vraie découverte pour moi. Ce matin, Marie-Jeanne a annoncé que nous allions faire l'ascension du col de l'Épine avec un guide, j'ai failli me désister, mais quand j'ai vu que Michel était partant avec ses soixante printemps, je me suis poussée à relever ce nouveau défi. Ça a été très physique (disons-le tout net, je soufflais comme un veau asthmatique), mais incroyable ! Arrivés tout là-haut, nous avons découvert une vue époustouflante sur le lac d'Aiguebelette d'un côté, et de l'autre sur la vallée de Chambéry et Aix-les-Bains. Et je peux dire que ce n'était pas que l'exercice qui nous a coupé le souffle. Nous étions tous hyper fiers d'être parvenus au sommet.

Ce soir, après la traditionnelle soupe de légumes (un mélange de citrouille, gingembre et lait de coco étonnamment bon), Marie-Jeanne nous réunit une nouvelle fois dans le salon de musique pour parler des bienfaits du jeûne. Louise et ses copines commentent en connaisseuses.

— On a bien fait de venir ici, les filles. C'est dix fois mieux que de se morfondre à Paris sans personne avec qui passer Noël ! lance soudain Louise, dévoilant d'un coup un grand pan de son cœur.

— Mais tellement ! renchérit Clémence.

Douillettement emmitouflée dans mon jogging rose, j'écoute la suite de la conférence d'une oreille distraite, mollement bercée par les crépitements du feu, quand nous sommes interrompus par une équipe d'armoires à glace qui surgissent dans la pièce sans crier gare. Daniel, la barbe plus broussailleuse que jamais, s'excuse de nous déranger, puis nous fait comprendre que nous devons lever le camp car les déménageurs doivent embarquer le mobilier sur-le-champ. Il se trouve que le salon de musique est entièrement meublé Second Empire. C'est un amoncellement raffiné de fauteuils crapaud, de poufs capitonnés, de causeuses « tête à tête » qui en font ma pièce préférée. Le tout est resté dans son jus dix-neuvième, avec des velours légèrement passés qui lui confèrent un charme inouï. Ce sont surtout des meubles de grande valeur, et à les voir manipulés sans respect par des déménageurs, la moutarde me monte au nez.

— Mais enfin, tu as perdu la tête ! Tu m'avais promis que ce serait fait après mon séjour ! s'indigne Marie-Jeanne.

— Désolé. L'hôtel en a besoin pour demain soir, ils ont envoyé les gars les chercher. Je ne peux rien faire…, marmonne Daniel dans sa barbe.

En voyant deux gars soulever sans aucun ménagement le merveilleux piano à queue, mon sang ne fait qu'un tour et je ne peux m'empêcher d'intervenir :

— Arrêtez ! Ne faites pas ça ! Vous êtes vraiment nul !

Daniel se tourne vers moi complètement ahuri. La surprise lui donne un air enfantin assez craquant. Mortifiée par ma propre faiblesse, je continue à l'insulter :

— Achetez-vous un cerveau ! Vous ne voyez pas que vous êtes en train de dépouiller le château de toute sa valeur historique ! Vous allez en faire une coquille vide. Vendre le mobilier est la décision la plus profondément débile que vous puissiez prendre.

— De quoi je me mêle, la charlotte aux fraises ?

Je me prends l'insulte en plein cœur. Un gros gâteau rose plein de crème, voilà comment ce sale type me voit. Sa sortie provoque des remous indignés

chez les détoxés. Ils s'approchent de lui, vaguement menaçants. Michel prend la parole, le regard sévèrement braqué sur Daniel :

— On se calme, jeune homme ! Pas la peine d'insulter Eva. Je vous rappelle que nous avons tous payé une fortune pour un séjour qui ne tient pas toutes ses promesses. Nous déloger en pleine conférence, c'est un manque de respect hallucinant. Nous sommes en droit de vous demander un remboursement partiel.

L'argument porte immédiatement ses fruits. Daniel lève les bras en signe de reddition.

— Je vous présente mes excuses pour ce désagrément indépendant de ma volonté. Croyez-moi, j'ai énormément réfléchi à la question. S'il y avait une autre solution pour sauver le domaine, je le saurais.

Folle de rage, je ne peux pas m'empêcher d'en rajouter une couche :

— La solution est sous vos yeux, pauvre abruti. Si vous étiez capable de connecter vos deux neurones vous la verriez.

— Eva, ça suffit maintenant ! hurle Marie-Jeanne, visiblement à bout de nerfs.

Son neveu me fixe avec un mépris glacé.

— C'est facile de se croire plus intelligente que tout le monde en restant vautrée dans son fauteuil.

Sans un regard pour les déménageurs savoyards qui embarquent la chauffeuse dans laquelle j'étais justement lovée quelques minutes plus tôt, je quitte la pièce le cœur lourd, drapée dans mon jogging rose et mon humiliation. J'ai envie de pleurer. Dans ma tête trotte la phrase d'Elizabeth Bennet à propos du sombre Mr Darcy : « *Je lui pardonnerais volontiers son orgueil s'il n'avait froissé le mien.* »

De retour dans ma chambre, je tourne en rond, incapable de me calmer. Furieuse, je m'assois devant le bureau, attrape du papier et un stylo et je me mets à pondre la plus précise et la plus créative des recommandations client jamais écrite, pour prouver à cet incompétent que son château est une mine d'or qui ne demande qu'à être exploitée.

J'écris toute la nuit, décris, chiffres à l'appui, toutes les possibilités d'événements que le château d'Aiguebelle serait susceptible d'accueillir : lancements de produits, séminaires d'entreprise, tournages, visite du domaine et du sanctuaire animalier, séjours à thèmes (détox, sportif, découverte de la nature, découverte du patrimoine, etc.), mariages, soirées privées... Au petit matin, j'ai un plan précis, chiffré et cohérent de rentabilisation du château et de son domaine. Travailler m'a calmée et remis les idées en place. Daniel peut gérer son domaine comme il le souhaite, ce n'est pas mon problème. Avec ce document, je lui prouve simplement qu'il existe une solution plus pérenne que de vendre piteusement ses meubles. Je glisse les feuilles manuscrites dans une grande enveloppe et sors dans le parc. Aux premières lueurs de l'aube, la nature est féerique. Les rayons naissants du soleil se glissent entre les sapins. Dans la forêt, les cristaux de givre scintillent de mille lueurs irisées et la neige étincelle. Au loin, le lac est couvert de brume, comme dans un rêve. Je glisse l'enveloppe sous la porte du chalet de pierres et je retourne dans ma chambre pour enfin me réfugier sous ma couette.

***

Jour 4. Mercredi 24 décembre 2014

Je suis réveillée en sursaut par un appel de Juliette qui veut me souhaiter un joyeux réveillon de Noël.

— Tu vas tellement me manquer ce soir. Je suis désolée de t'avoir forcé la main, Eva. Sur le moment, j'ai pensé bien faire, mais je me rends compte que c'est une décision que tu aurais dû prendre de toi-même.

— Ce n'est pas si terrible, mon Jules ! J'ai même presque pris goût aux légumes.

— Tu dis ça pour me faire plaisir ! Mais t'inquiète, demain je viens te chercher à la gare et je t'embarque pour un déjeuner de Noël d'anthologie chez les parents. Il y aura de la bûche aux marrons !

— Oups ! Je serai en pleine « remontée » de détox, je ne peux pas manger n'importe quoi.

On bavarde encore un moment et puis, malgré ma nuit trop courte, je chausse mes raquettes pour une dernière randonnée sur des sentiers de montagne. La nature est indécemment lumineuse sous le ciel bleu. J'aperçois une bande de chamois qui bondissent de roche en roche comme des acrobates, avec une joie de vivre contagieuse. En rentrant, j'arrache la bordure de fourrure de ma doudoune. Je ne veux plus en porter.

Ce soir, Marie-Jeanne nous a promis un vrai réveillon… détox. Nous avons tous accepté de passer cette soirée particulière loin de nos maisons et nos familles pour participer à ce séjour et elle ne veut pas que nous le regrettions. Donc interdiction de descendre avant vingt heures trente sous peine des sanctions les plus sévères (être privé de radis noir ?). Pour passer le temps, j'avance dans ma lecture d'*Orgueil et Préjugés.* Cet impossible Darcy a jugé que Jane, la sœur chérie d'Elizabeth Bennet, n'était pas digne de Bingley, l'homme qu'elle aime, et a tout fait pour les séparer, ce qui ne l'empêche pas de faire lui-même une déclaration d'amour torturée à Elizabeth. Cet homme est un paradoxe sur pattes.

Vers vingt heures, j'enfile une jolie robe du soir rose, avec un décolleté profond et me maquille avec soin.

En bas, plusieurs surprises nous attendent. Les meubles et le piano ont réintégré le salon de musique. Une longue table de fête est installée dans la salle de bal, où se dresse un sapin de Noël gigantesque et tout enguirlandé. Un feu flambe joyeusement dans l'immense cheminée. Il y a un invité mystère parmi les convives : c'est Daniel et il a rasé sa barbe. Le choc. Et choc compte triple quand je vois Louise accrochée à son bras, somptueuse dans un fourreau noir qui révèle la perfection de ses formes.

— Bienvenue parmi nous. Je suis heureuse de voir que mes conseils ont été suivis ! lance-t-elle, en plongeant son regard dans le sien.

J'en déduis que la romance entre eux est en bonne voie de concrétisation. Comment lui en vouloir ? Elle est célibataire, lui aussi. Elle est intelligente, lui aussi, et malgré son arrogance apparente, je sais qu'elle mettrait volontiers fin à sa solitude sentimentale. Je vais discuter avec Carine et Fabrice, peut-être ont-ils une huile essentielle contre les peines de cœur ? Soudain, je vois Daniel qui s'avance vers moi, un sourire aux lèvres. Je m'aperçois qu'il a des fossettes qui lui plissent un peu les joues.

— Merci pour ton document…

— Tu l'as lu ?

— Évidemment. Ça ouvre de nouveaux horizons à un vétérinaire complètement nul comme moi.

Je souris à l'allusion, sans nier, parce que oui, pour exploiter ce lieu merveilleux, il est nul, on ne va pas se mentir.

— Je vois que les meubles sont de retour… dis-je pour faire diversion.

— L'hôtel a changé d'avis en les voyant. Trop vieillots !

— Tant mieux ! Alors, tu vas te lancer ? Organiser des événements ?

— Je vais sérieusement y réfléchir. Ça me paraît un peu compliqué, non ?

Marie-Jeanne passe parmi nous en nous offrant des flûtes de « champagne » détox : un kéfir de citron et gingembre pétillant à souhait. Nous trinquons tous les trois. Elle s'éloigne avec un sourire malicieux et gênant qui me fait filer à l'autre bout de l'immense pièce, derrière le sapin géant. Par une des multiples fenêtres, je contemple le lac qui offre un visage différent quelle que soit l'heure du jour. Ce soir, il luit comme une pièce d'argent polie sous la lune. La nuit est claire et glacée. Elle s'infiltre par les interstices des vieux montants de bois et me fait frissonner.

— À table ! appelle Marie-Jeanne.

La table longue est dressée avec tout l'apparat d'un vrai réveillon. Des candélabres en argent nous offrent une lumière douce qui met le rose aux joues. Après quatre jours de monodiète et d'exercice intense en plein air, je trouve que tout le monde a hyper bonne mine, et nous avons tous fait un effort vestimentaire. Je prends plein de photos sur mon iPhone pour les montrer à Juliette demain. Elle sera contente de son cadeau. En entrée, nous avons droit à un bouillon thaï aux légumes, tout parfumé d'épices et de coriandre fraîche. Du coin de l'œil, j'aperçois Daniel qui déguste sa soupe comme tout le monde alors qu'il pourrait se taper des huîtres et du chapon. Chapeau ! Fabrice lève son verre de kéfir.

— À Marie-Jeanne, qui a organisé ce merveilleux séjour et cuisiné ce délicieux dîner.

— À Marie-Jeanne ! nous écrions-nous en chœur.

— Et à Daniel, seigneur de ce beau château ! roucoule Louise, qui n'en peut plus de le regarder sous toutes les coutures.

— À Daniel ! répète docilement l'assemblée.

Lui lève son verre et plante son regard dans le mien. Je détourne les yeux et croise le sourire lumineux de Michel, qui m'observe avec bienveillance. Je me demande à quoi il pense. En quelques jours, j'ai eu le temps de découvrir que cet homme est vraiment un amour et un esprit brillant. Je serais heureuse de le revoir à Paris. Après le bouillon, nous avons droit à du butternut rôti à l'huile de truffe, un truc savoureux qui fond littéralement dans la bouche. Mais la plus grande surprise arrive au moment du dessert. Ma nouvelle copine Carine, vegan depuis plusieurs années et fine cuisinière, nous a préparé une bûche aux marrons surmontée d'une chantilly de lait de coco. Je regarde le gâteau avec une grande méfiance. Une pâtisserie sans beurre, sans œufs et sans farine mérite-t-elle encore cette appellation ? Je plante courageusement ma cuillère dans la part qu'on m'a servie. Mmmmm ! Ce n'est pas vraiment délicieux… mais presque ! En tout cas c'est suffisamment bon pour que je termine mon assiette. Ah, ce que ça fait du bien de retrouver le goût du sucré !

— Et si on dansait, maintenant ? C'est Noël, après tout ! lance Louise qui a vraisemblablement décidé de passer en mode action.

La dernière assiette débarrassée, elle nous lance sa playlist de Noël et éteint la lumière. L'éclat des lustres de cristal disparaît dans le noir, nous laissant simplement éclairés par la flamme vacillante des bougies et les clignotements électriques du grand sapin. Comme tout le monde est debout et qu'il n'y a nulle part où s'asseoir sans rester à table, chacun se met à se dandiner mollement sur la voix de Mariah Carey qui susurre « *All I want for Christmas is youuuuu* ». Je vois Louise attraper la main de Daniel pour l'entraîner sur la piste et je file me réfugier dans ma planque favorite, derrière mon ami roi des forêts. Je ne veux pas voir ça ! Dehors, la neige a commencé à tomber, des gros flocons légers comme des plumes qui tournoient lentement devant les hautes fenêtres. Je pense à ma famille, mes parents, mes sœurs, à nos joyeux réveillons qui s'éternisent car on n'en finit pas d'ouvrir les cadeaux pleins d'attentions que l'on se fait les uns les autres et je sens un gros cafard m'envahir. C'est la première fois depuis des années que je suis loin d'eux un 24 décembre.

— Tu viens danser ?

Daniel m'a débusquée derrière l'arbre de Noël, il tend la main, je l'attire vers moi, à l'abri des regards. Elvis chante *Blue Christmas* de sa voix de velours, c'est ma chanson de Noël préférée. Dehors il neige, dedans je fonds. Nous dansons un rock lent et fluide qui nous fait tournoyer comme des flocons. Nos pas s'accordent facilement. Sa main se pose dans le creux de mon dos, puis vole le long de mon bras pour me faire tourner du bout des doigts. Je me sens légère. Belle et rose comme une princesse Disney. Mes yeux se ferment sur cet instant parfait. Pourtant, Daniel ne m'embrasse pas, et sachant ce qu'il pense de moi, je n'ose pas faire le premier pas. Le morceau fini, nous allons rejoindre les autres. Cette fois, c'est Frank Sinatra qui nous entraîne sur *Let It Snow*, Michel se trémousse devant moi, je ris et me joins à la liesse générale.

Il est plus de minuit quand je remonte me coucher. Ma chambre m'attend, grande mais pourtant douillette. À Paris il serait inimaginable de disposer d'autant d'espace pour une simple chambre à coucher. J'ai un pincement au cœur en songeant que c'est la dernière fois que je vais y dormir. Adieu vie de château, adieu salle de bal et salon de musique, adieu grand parc et animaux. Je me démaquille, me brosse les dents, puis je me glisse dans mon lit et attrape *Orgueil et Préjugés*. Pauvre Elizabeth ! Sa sœur Lydia s'est enfuie avec le fourbe Wickham, entraînant le déshonneur pour toute la famille Bennet. Et avec elle s'enfuient aussi ses rêves de mariage avec Mr Darcy.

Tard, très tard dans la nuit, j'entends toquer à ma porte. Intriguée, je me lève et vais ouvrir, le cœur battant. C'est lui. Je ne sais pas ce qu'il a fait jusqu'à cette heure tardive, ni pourquoi il se tient là devant moi, tendu, silencieux. Sans réfléchir, je le laisse entrer.

— Je n'arrête pas de penser à toi, me dit-il.

Il s'approche pas à pas. Je recule à chaque fois.

— Je croyais que j'étais bien trop grosse pour te tenter.

— Tu écoutes aux portes ?

Je m'affole et brandis mon *Orgueil et Préjugés* sous ses yeux.

— Pas du tout ! J'avais oublié mon bouquin en bas, je suis descendue le chercher et j'ai tout entendu !

Il attrape le livre, contemple la couverture, le feuillette longuement.

— Je me suis toujours demandé comment lady Catherine de Bourgh pouvait savoir que Darcy veut épouser Elizabeth, alors qu'il ne lui a même pas proposé. Elle débarque chez les Bennet, tape un scandale. Ce n'est pas logique.

— Tu l'as lu ?

— Évidemment ! me répond-il.

Il jette le livre sur le lit, avance encore d'un pas. Mèche caramel, sourire crème chantilly et petites flammes praliné au fond de ses yeux noisette, le mec est plus fondant qu'un moelleux au chocolat, plus craquant qu'une tablette de Crunch. D'un coup j'en ai l'eau à la bouche, plus du tout en mode détox !

— C'était avant. Il y a bien longtemps que je te considère comme une des plus jolies femmes de ma connaissance.

Comment résister à un homme qui cite Jane Austen dans le texte ? Surtout si cet homme s'appelle Daniel et qu'il est craquant comme Mr Darcy ? Je ne résiste pas, au contraire. C'est moi qui pose mes lèvres sur les siennes ! Est-ce bien raisonnable ? me demande la petite voix dans ma tête. Je la fais taire en basculant avec lui sur mon grand lit. C'est Noël, j'ai bien le droit de m'offrir un cadeau !

***

Jour 5. Jeudi 25 décembre 2014

Je me réveille, il n'est plus là. Le lit est vide. Le feu brûle dans la cheminée. J'y vois un geste d'adieu, une petite attention pour que son absence ne me fasse pas trop froid au cœur. Un beau feu vaut mieux qu'un vilain au revoir, les traits brouillés du réveil, les yeux qui fuient et les mots qui ne veulent rien dire. Je comprends. Je pense qu'il a raison, même si mon cœur se pince en pensant à lui.

C'est le jour du départ. Je m'extrais des draps avec difficulté, prends une douche bien chaude, me brosse les dents en contemplant le parc enneigé. C'est dur de quitter tant de beauté, alors je fais comme nous l'a expliqué Marie-Jeanne et photographie mentalement le paysage en respirant plusieurs fois à fond, en trois étapes :

1 – j'inspire amplement en remplissant mon ventre d'air : REEEEEEES…

2 – je bloque et photographie : … PI…

3 – je souffle longuement, les yeux toujours fixés sur ma photo mentale : … REEEEEEEER.

Je sais que je n'oublierai jamais le château d'Aiguebelle, c'est une rencontre, un coup de foudre, un bout de rêve réalisé. J'espère que Daniel réussira à le conserver intact pour abriter et protéger les animaux du domaine, ainsi qu'il le souhaite.

Je plie ma belle robe rose et la range dans ma valise, vérifie partout pour voir si je n'ai rien oublié. Le volume d'*Orgueil et Préjugés* a glissé sous le lit, je le range dans mon sac à main : j'ai envie de connaître la fin de l'histoire. Maintenant que tous les obstacles sont levés, Darcy va-t-il à nouveau demander sa main à Elizabeth ? Va-t-elle accepter ?

Je retrouve tous les détoxés dans la cuisine en train de siroter leur dernière tasse d'eau chaude citronnée ou de thé rooibos (sans théine) et de croquer leur dernière pomme. J'ai du mal à imaginer que je vais bientôt pouvoir reprendre une alimentation normale, retrouver le goût du pain, du beurre, du fromage, des spaghettis, des bonbons, des croissants, de la viande aussi peut-être, bien que désormais l'idée m'écœure légèrement. Une chose est sûre, cette immersion dans le monde de l'alimentation végétale, et surtout les bienfaits que je ressens, au niveau de la forme physique et de la digestion, ont changé quelque chose en moi. J'ai envie de modifier un peu mes habitudes alimentaires, non pas pour maigrir (je m'en fiche toujours autant), mais pour me sentir mieux.

Marie-Jeanne nous prépare nos casse-croûte pour le train et remet à chacun de nous une barquette en aluminium de taboulé de chou-fleur (où les grains de chou-fleur mixés remplacent la semoule). Je me demande si j'ai assez de temps pour faire un saut au chalet. Le revoir une dernière fois, lui dire au revoir… Oui ? Non ? J'hésite… Mais déjà on entend le crissement du minibus qui vient de se garer devant le grand porche, c'est l'heure. Il faut partir.

Dans le bus qui nous emmène vers Chambéry, tout le monde raconte son programme une fois arrivé à Lyon ou à Paris. Chacun espère arriver à temps pour un déjeuner de Noël familial.

— Eh bien, pour une fille qui s'en fout, tu as l'air bien triste de quitter la détox ! me lance Valérie avec un clin d'œil. Avec Louise et Clémence, on ira retrouver Marie-Jeanne à Cassis. Elle organise un nouveau séjour le 14 juillet. Tu viendras avec nous ?

— Pourquoi pas ! dis-je en me forçant à sourire.

Mais j'ai la gorge trop serrée pour parler et, pour éviter qu'on me pose d'autres questions, je me plonge dans la lecture de mon roman. Les longs dialogues entre Elizabeth et Darcy, qui décortiquent chacun des moments passés ensemble, me mettent en joie. À quel moment est-il vraiment tombé amoureux ? demande-t-elle.

« — J'imagine bien qu'une fois lancé vous avez continué, mais c'est le point de départ qui m'intrigue.

— Je ne puis vous fixer ni le jour ni le lieu, pas plus que vous dire le regard ou les paroles qui ont tout

déterminé. Il y a vraiment trop longtemps. J'étais déjà loin sur la route avant de m'apercevoir que je m'étais mis en marche. »

Je pose le livre avec un soupir béat. C'est tout à fait le genre de conversation que l'on tient quand on aime, quand rien n'est plus important que l'effervescence de nos sentiments. Je me demande si cela m'arrivera à nouveau un jour… Émue, je continue ma lecture jusqu'à ce que nous arrivions à Chambéry et que je sois bien certaine que les époux Darcy couleront désormais des jours heureux dans leur merveilleux domaine de Pemberley.

À Chambéry, le brouillard a envahi la ville. La gare est noyée dans la brume et nous n'y voyons pas à trois pas. Marie-Jeanne, inquiète comme une monitrice de colo, nous demande si nous sommes tous bien là. Nous répondons docilement par l'affirmative, mais si l'un de nous manquait à l'appel nous serions bien incapables de le signaler.

Au moment où notre TGV entre en gare, le brouillard se dissipe légèrement sous la puissance de la locomotive. Il me semble alors apercevoir une silhouette familière qui court sur le quai, mais quand je fixe mon regard, je ne vois plus rien. J'ai dû rêver… ou prendre mes désirs pour des réalités.

— Restons groupés, il faut trouver la voiture 12 ! crie Marie-Jeanne.

J'avance, en me concentrant sur le dos de Michel pour ne pas perdre la troupe des yeux, quand je sens une main se poser lentement sur mon épaule.

— Heureusement que tu portes une doudoune rose, elle réussit même à percer le brouillard.

Je m'immobilise, n'osant en croire mes oreilles. Daniel s'approche jusqu'à se coller contre mon dos. Ses bras m'enlacent tendrement.

— Ne te retourne pas encore, chuchote-t-il dans le creux de mon cou. J'ai quelque chose à te demander, mais j'ai peur que tu refuses.

Je reste blottie contre lui.

— J'ai un rêve, continue Daniel, mais je crois qu'il est trop grand pour moi tout seul. Est-ce que tu veux bien le partager avec moi ?

— Quel est ce rêve ?

— Je veux faire de mon domaine un havre de sécurité pour les animaux et du château un lieu de réception… Mais on m'a dit que j'étais vraiment nul pour la seconde partie… Je crois que j'ai besoin d'une directrice des relations publiques.

— Et c'est tout ?

— Je rêve d'aimer cette femme-là, et que cette femme m'aime. Je rêve d'une vie avec elle. Une grande aventure, sans orgueil et sans préjugés.

J'éclate de rire et me tourne enfin vers lui.

— À quel moment es-tu tombé amoureux de moi ?

Il répond du tac au tac.

— Quand tu es tombée dans les pommes. Mais que tu es restée quand même pour soigner le renard. Et toi ?

— Quand tu m'as donné à boire.

— C'était au même moment alors ?

— Oui, au même moment.

Le chef de gare siffle le signal du départ. Marie-Jeanne et toute la bande m'appellent, affolés. Je fais un mouvement vers eux. Daniel me retient par le bras.

— Tu ne restes pas avec moi ?

Je me dégage doucement, en souriant. Je pense à Juliette qui sera forcément déçue de ne pas me voir à la gare. À mes sœurs et à mes parents qui vont m'attendre en vain pour notre déjeuner de Noël. Je pense à la chambre rose du château que je vais bientôt retrouver. Je me dirige vers Louise qui m'attend avec les autres, sur le marchepied de la voiture 12. J'ouvre mon sac et lui tends mon vieux volume rouge d'*Orgueil et Préjugés.* La belle Lyonnaise s'en empare avec étonnement.

— Ce livre m'a porté bonheur. Je te le confie. Prends-le, lis-le, mais après, surtout, ne le garde pas ! Offre-le à quelqu'un d'autre.

L'HÔTEL DES MONTS ENNEIGÉS

Noël 2015

Marie Vareille

J'ouvre un œil, puis l'autre. Il me faut quelques secondes pour me souvenir de l'origine de la terrible migraine qui me vrille le cerveau : fête de Noël du bureau avec les collègues.

Ex-bureau. Ex-collègues, me souffle mon cerveau après mise au point. Mon boss a profité de cette occasion tout à fait appropriée pour m'annoncer, une coupe de champagne à la main et de fausses cornes de renne clignotantes sur la tête, que mon CDD au cabinet d'architectes ne serait pas renouvelé. Il a ensuite enchaîné avec un sourire ravi et une main sur mes fesses :

— Mais voyons le côté positif des choses, Cassandra : comme nous ne travaillons plus ensemble, nous pouvons désormais laisser libre cours à notre attirance mutuelle.

Le vrai point positif des choses étant d'une part qu'il y a au moins un verre de vin chaud cannelle-clou de girofle qui n'a pas fini dans mon estomac, puisque je lui ai balancé à la figure, et d'autre part que ma ceinture noire de ju-jitsu a enfin servi à quelque chose, contrairement à mon double doctorat en architecture moderne… Bref, une déception de plus qui s'ajoute à la longue succession d'échecs qui illustrent les vingt-huit années de mon existence cataclysmique.

Un chapeau de Père Noël, vestige de la veille, gît sur ma table de nuit. Je pousse un soupir. L'idée de devoir subir pendant dix jours la pression commerciale liée à la magie de Noël en plus de mon nouveau statut de chômeuse et de ma gueule de bois me donne envie de me pendre avec une guirlande électrique. Je tire la couette par-dessus ma tête en grognant. Je vais rester couchée dans ce lit jusqu'au 3 janvier. Je vais faire une provision de nourriture constituée en majorité de gras, de sucre et d'additifs cancérigènes et me fixer un objectif constructif pour ces deux prochaines semaines : regarder l'intégralité des vidéos postées sur YouTube depuis 2006, par exemple. Ou encore mieux, relire quatre-vingt-quatre fois d'affilée mon livre préféré, *Orgueil et Préjugés*, et revoir toutes ses adaptations à l'écran…

Motivée par cet ambitieux projet, j'enfile mes lunettes et décide d'accomplir la première étape de mon plan de remise en forme morale en commandant une pizza hawaïenne supplément fromage de chèvre pour mon petit déjeuner. J'ai à peine raccroché qu'on sonne à la porte.

Déjà ?

Je me lève avec autant d'énergie que si j'avais quatre-vingt-douze ans et les deux jambes dans le plâtre pour ouvrir au livreur de pizza le plus rapide du monde. Toutefois, au lieu d'une délicieuse odeur de fromage de chèvre fondu sur tranche d'ananas juteux, des effluves de Chanel N° 19 m'agressent les narines.

— Cassandra, ma chérie ! Je suis si contente de te voir !

— Maman ?! Qu'est-ce que tu fais là ? Tu ne devais pas être au Mexique ?

— J'ai changé d'avis, et puis c'est fini avec Pablo ! Je vais plutôt passer Noël avec ma fille préférée.

Ce n'est pas un compliment : je suis sa seule fille. Et venant de quelqu'un qui, pour fêter son million de *followers* sur Instagram, a posté : « Vous êtes les enfants que je n'ai jamais eus », suivi de quatorze émoticônes cœur à ses fans, ce genre de déclaration est clairement suspect…

Il faut dire que tout le monde adooooore ma mère. Ma mère est Christine Martin, l'auteure de la chronique hebdomadaire la plus célèbre de la presse féminine : « Toute la vérité sur mon sexe », publié dans *FEMMES*, le magazine féminin lu par huit Françaises sur dix, paraît-il. Cette chronique « drôle, actuelle et (malheureusement pour moi) sans tabou », selon *Le Monde*, lue par des millions d'admirateurs chaque semaine, parle de sexe, comme son nom l'indique. Apparemment, le monde entier est fasciné par la vie sexuelle de ma mère. Tout le monde sauf moi, évidemment. Un temps, elle a même eu son émission télé. Le sexe étant toutefois « un peu dépassé, plus vraiment à la mode et terriblement 2010 », ma mère a su « se réinventer » (ses propres mots) pour lancer une chaîne *lifestyle* sur YouTube qui a autant de succès que la Bible et *Harry Potter* combinés. Elle est comme ça, elle réussit tout ce qu'elle touche, contrairement à moi.

L'influenceuse la plus célèbre de France balance justement son manteau en faux léopard sur mon halogène et laisse tomber son sac à main sur le bureau avant de s'affaler sur mon lit défait. Calmement, je décroche le manteau du lampadaire avant qu'il ne prenne feu et ramasse les stylos tombés par terre.

— J'ai déjà des plans pour Noël.

— Tu n'as jamais su mentir, Cassandra.

— Maman, s'il te plaît…

— Pourquoi ne mets-tu pas de lentilles, ma chérie ? Les lunettes te donnent l'air austère, et qu'est-ce que c'est que cette tenue ?

Je baisse les yeux et scanne successivement mon tee-shirt « Waiting for Mr Darcy » offert par Sarah, mon bas de pyjama imprimé d'ananas à lunettes de soleil et mes chaussons à tête de licorne. Je ne vois pas où est le problème.

— Écoute, Maman, j'ai perdu mon travail, je ne suis pas d'humeur…

Elle applaudit avec un sourire radieux.

— Excellente nouvelle ! Ce travail était ennuyeux à mourir et ne te correspondait pas du tout !

Je sens mes poings se serrer et tente de canaliser l'irritation que ses commentaires provoquent toujours chez moi.

— Architecte, c'est vraiment chiant, poursuit-elle, tu ne peux pas décemment vouloir faire des plans de maison jusqu'à la fin de ta vie ! C'est d'une stabilité épouvantable, tu n'imagines pas ce que c'est pour moi, ta pauvre mère, de te voir t'encroûter dans autant de sécurité. Ça m'angoisse ! J'en fais des insomnies ! Tu ne voudrais pas être artiste comme tout le monde ?!

Elle agite ses mains manucurées devant son visage impeccablement maquillé comme si la simple idée de ma vie étriquée l'empêchait de respirer. Ma mère a parfois une vision légèrement altérée du monde réel.

— Ça te dirait d'aller fêter Noël à Morini ? reprend-elle avant même que je puisse répondre. Tu ne gardes pas un souvenir merveilleux de notre dernier Noël là-bas ?

Mes oreilles se mettent à bourdonner. *Un souvenir merveilleux ?* Comment ma mère ose-t-elle sortir pareille énormité ? De tous les moments qu'elle m'a gâchés, nos dernières vacances de Noël à Morini, la petite station de ski en Haute-Savoie où j'ai grandi, est de loin le souvenir le plus douloureux. Je me revois arrivant au lycée ce froid matin de janvier au retour des vacances, à l'instant où ma vie s'est écroulée. Je secoue la tête pour chasser cette image. Je ne veux pas me rappeler cette période. Je me suis juré, il y a bien longtemps, de ne jamais remettre les pieds à Morini.

Je me redresse, furieuse.

— Comment peux-tu imaginer que je veuille passer Noël à Morini ? Après ce qui s'est passé ?!

Elle me dévisage, stupéfaite.

— Mais enfin, ma chérie, c'est du passé. Allons y passer Noël, comme autrefois.

Je prends une grande inspiration.

— Non ! Et je sais très bien que tu ne serais jamais venue me voir si tu ne t'étais pas fait plaquer par ton Pedro…

— Pablo, pas Pedro, corrige-t-elle en levant l'index comme une maîtresse d'école, ce qui achève de me mettre en rage.

— Ça m'est égal ! Je hais Noël de toute façon.

— N'importe quoi, Noël est une fête merveilleuse !

— Merveilleuse ? Comme la fois où tu as trompé Papa avec le Père Noël du magasin de jouets ?

— Un malheureux baiser ! On ne peut pas appeler ça tromper, et de toute façon on a divorcé trois mois plus tard…

— Et la fois où tu as préféré partir en stage de fauconnerie et où je me suis retrouvée seule chez la concierge ? Ou celle où tu m'as offert un abonnement chez l'esthéticienne et un relooking ?

— Qu'est-ce que tu peux être susceptible, ma chérie…

— Tu sais très bien que j'ai toujours détesté Noël.

— Ne sois pas ridicule, Cassandra, personne ne déteste Noël. Pourquoi diable est-ce que tu détesterais Noël ?

Je tente de me contrôler, mais je m'entends lui répondre d'une voix glaciale :

— Mais je déteste Noël à cause de toi ! Pour tous les Noëls que tu as préféré passer avec tes copains du moment, à me laisser tomber, à te disputer avec eux et à m'offrir des cadeaux qui ne faisaient plaisir qu'à toi !

Je suis tellement en colère que j'en ai de la buée sur les verres de mes lunettes. Ma mère se lève brutalement et saisit son manteau, surjouant son air offusqué.

— Très bien, alors tu n'as qu'à y aller sans moi puisque tu me détestes tant ! C'était ton cadeau de Noël ! Joyeux Noël, Cassandra !

Elle me jette une pochette bleu marine à la tête et part en claquant la porte. Je devrais me sentir victorieuse, mais notre dispute me laisse un goût amer. Ma mère n'est qu'une enfant. Elle ne se rend pas vraiment compte que ses actions ont des conséquences. J'attrape ma veste et ouvre la porte, prête à lui courir après.

— La hawaïenne supplément chèvre, c'est ici ?

Je percute la livreuse de pizza en uniforme et la boîte en carton fait un vol plané par-dessus la rampe. Après un court instant, nous nous penchons toutes les deux pour observer le rond de pâte auréolé de sauce tomate qui s'est lamentablement écrasé quatre étages plus bas. J'entends le cliquetis des talons de ma mère s'atténuer, et la porte de l'immeuble claquer. Trop tard. Je pousse un soupir et me tourne vers la livreuse à qui la situation n'a l'air de faire ni chaud ni froid :

— Bon, je vous dois combien ?

***

— Tu devrais y aller, dit Sarah dans le téléphone.

Je parcours pour la douzième fois le petit livret imprimé glissé dans la pochette bleu marine laissée par ma mère. Le descriptif de l'hôtel qui vient d'ouvrir dans la région de mon enfance fait rêver : un chalet perdu au milieu des montagnes, feu de cheminée, spa, jacuzzi chauffé ouvert toute la nuit avec vue sur les étoiles...

— Je ne retournerai jamais à Morini !

À l'autre bout du fil, ma meilleure amie pousse un soupir.

— Cassandra, c'était il y a dix ans...

— Onze. Quelle heure est-il à Singapour ?

— Ne change pas de sujet. Justement, peut-être qu'en retournant enfin là-bas, tu tourneras la page.

— J'ai tourné la page !

— Vraiment ? Alors pourquoi aucun mec ne t'intéresse jamais ? Pourquoi tu es incapable de parler de tout ça ?

Je n'écoute plus, le dépliant à la main, je fronce les sourcils.

— Non, mais j'hallucine !

À la fin de la brochure de l'hôtel, se trouvent des billets de train et une fiche récapitulant la réservation.

— Quoi ?

— Elle ne m'a pas du tout invitée à passer Noël avec elle, elle n'a réservé que pour une personne et à son nom !

De nouveau, je sens la colère me gagner. J'aurais pu être attendrie par l'idée que ma mère ait envisagé sincèrement, pour une fois, de passer Noël avec moi. Mais quelle que soit la raison pour laquelle

elle a finalement décidé de me proposer ce séjour à Morini, ce n'est pas du tout ce qu'elle avait initialement prévu.

— Elle ne changera jamais !

J'imagine tout à fait Sarah lever les yeux au ciel à dix mille kilomètres d'ici.

— Laisse tomber, Cassandra, ta mère a toujours été comme ça. Puisqu'elle t'a donné sa réservation, vas-y, plutôt que de passer Noël seule sous ta couette et à te lamenter sur ton sort.

— Je ne me lamente pas sur mon sort !

— Si.

Je soupire, Sarah était avec moi à l'école d'architecture. Elle me manque terriblement depuis qu'elle a déménagé à Singapour et nos fréquents appels Skype ne suffisent pas toujours à combler le vide de son absence.

— Cassandra, dis-moi que tu vas y aller, ça te fera du bien de changer d'air ! Tu vas me gâcher Noël si je sais que tu es toute seule à Paris en train de regarder *Orgueil et Préjugés* pour la centième fois.

Le problème, c'est que Sarah me connaît beaucoup trop bien. Et peut-être qu'elle a raison. Peut-être que le seul moyen de mettre cette histoire derrière moi, c'est de retourner sur les lieux du drame. Je promets d'y réfléchir, nous discutons encore quelques minutes, puis elle raccroche, non sans m'avoir lancé :

— Je te rappelle le 24, tu as intérêt à être à Morini en train de boire du champagne dans un jacuzzi !

***

Quelques jours plus tard, un peu hésitante, je descends sur le quai à Morini. Mes baskets crissent sur le mélange de sable et sel. Impossible de rouler ma valise dans cette gadoue. Les montagnes se découpent dans le ciel bleu, la neige sur le toit des chalets de bois est lisse et brillante sous le froid soleil de décembre. J'ai le sentiment de m'être une fois de plus fait avoir : comment se fait-il que je me retrouve dans ce décor de pain d'épice, moi, pour qui les fêtes de fin d'année ne sont synonymes que de dysfonctionnements familiaux et de mauvais souvenirs ?

Un chauffeur en parka noire m'attend avec un air aussi enthousiaste que le mien et un panneau à mon nom. Ou plus exactement, au nom de ma mère, puisque la réservation était pour elle.

— Bonjour, c'est moi, dis-je à l'homme en indiquant le panneau « Christine Martin ».

— Je suis Gérard, répond-il très sérieusement en m'indiquant le badge doré fixé à sa parka sur lequel est écrit « Gérard, chauffeur », à votre service, mademoiselle Martin.

Il s'empare alors de ma valise aux roues bousillées par le sel et la neige tandis que je le remercie, avant de m'ouvrir la porte d'un énorme 4 × 4 noir équipé de pneus neige. Je m'affale sur les fauteuils de cuir avec l'agréable impression d'être la reine d'Angleterre, la classe en moins. Nous démarrons et je bénis la buée qui a envahi les verres de mes lunettes au moment où le chauffage se met à souffler. Elle m'empêche d'apercevoir par la fenêtre tous les lieux qui ont marqué mon adolescence et que j'essaie désespérément d'oublier depuis onze ans.

Gérard allume la radio et Michael Bublé se met à chanter *White Christmas* dans les haut-parleurs.

— Playlist spéciale Noël, marmonne mon chauffeur d'un ton lugubre.

J'hésite à lui demander d'éteindre ou de mettre quelque chose plus en accord avec mon état d'esprit actuel. AC/DC, *Highway to Hell*, par exemple, mais sa tête de conducteur de corbillard m'en dissuade.

Peu de temps après, nous quittons la route pour prendre un chemin enneigé qui monte dans la forêt. Bercée par les chaos de la voiture, je finis par m'endormir. Je me réveille en sursaut, je ne sais pas trop combien de temps après. La nuit commence à tomber, et j'aperçois des lumières au loin. Il n'y a plus que les montagnes blanches autour de nous, Mariah Carey a entamé *All I want for Christmas* dans l'autoradio et les verres de mes lunettes, mis à part une petite tache de gras en bas du verre droit, sont de nouveau limpides. Pas âme qui vive, pas une maison, on distingue seulement la silhouette de l'hôtel de bois illuminé. Il neige à gros flocons. Le visage collé à la vitre, je regarde les contours du bâtiment se préciser. Encadré de hauts sapins dont certains ont été décorés de guirlandes qui clignotent dans le jour qui tombe, il se tient au milieu des montagnes, élégant et chaleureux avec ses balcons de bois aux balustrades enneigées et ses cheminées fumantes.

Je descends de la voiture. La neige absorbe tous les sons. L'air parfaitement pur sent le froid et la sève. En frissonnant, je resserre mon manteau d'hiver trop léger autour de mes épaules.

— Rentrez à l'intérieur je m'occupe de vos bagages, dit Gérard en ouvrant le coffre du 4 × 4.

— Merci beaucoup !

J'entre dans l'immense hall d'entrée. Une cheminée allumée se dresse au centre, d'épais tapis recouvrent le parquet de chêne. Gérard retire sa parka, sous laquelle il porte une livrée impeccable, enfile une casquette bleu marine à liseré doré et passe derrière le comptoir de la réception.

— Bienvenue, mademoiselle Martin, je suis Gérard, le concierge du Chalet des Monts enneigés.

Le nouveau badge doré sur sa veste indique maintenant « Gérard, concierge ». Il enfile une paire de lunettes à la fine monture d'acier. Cette situation absurde me ferait rire, s'il n'avait pas l'air aussi sérieux. Gérard ressemble terriblement à une version droïde de Droopy en costard.

Il allume l'ordinateur et me récite d'une voix aussi raide que son port de tête :

— Vous faites donc partie des huit influenceurs privilégiés sélectionnés par nos soins pour tester l'Hôtel des Monts enneigés avant son ouverture. Toutes vos consommations, activités ainsi que votre chambre vous sont gracieusement offertes par l'établissement, exception faite du trajet en hélicoptère pour aller à la gare. En échange de quoi, nous souhaiterions avoir votre retour objectif sur la qualité de notre établissement, et éventuellement, si vous le souhaitez, nous serions ravis de lire le compte rendu de votre expérience parmi nous dans votre magazine ou sur les réseaux sociaux.

Je reste un instant sans voix. Le cadeau de Noël de ma mère était en réalité gratuit… Je ne sais si c'est son statut de journaliste ou son million de *followers* sur Instagram qui lui ont valu de décrocher ce bon plan, mais le fait qu'elle me le refile en me faisant croire que c'est un cadeau de Noël m'exaspère encore un peu plus. C'est d'autant plus absurde que je ne suis pour ma part sur aucun réseau social, je ne suis pas journaliste et je n'ai jamais mis les pieds dans un hôtel de luxe, ce qui risque de singulièrement limiter l'intérêt de mes commentaires sur cet établissement.

— Vous avez l'air contrariée, mademoiselle Martin, tout va bien ?

— Oui, oui, aucun problème.

— N'hésitez pas à me communiquer tout sentiment d'inconfort ou élément déplaisant, nous souhaitons vraiment offrir à nos clients la meilleure expérience possible. Vous avez la suite Pôle Nord, au dernier étage, je vais vous accompagner.

Je souris, hoche la tête. Imperturbable, Gérard se retourne, attrape une veste sur un cintre et l'enfile. Je me mords les lèvres pour ne pas exploser de rire. Le nouveau badge indique « Gérard, garçon d'étage ». Il dépose ma petite valise cabine avec délicatesse sur le chariot doré beaucoup trop grand pour elle, puis le pousse avec le plus grand sérieux en direction de l'ascenseur.

— La réunion d'accueil a lieu à dix-neuf heures en salle Flocons, le dîner sera servi à partir de vingt heures au restaurant, m'informe Gérard avant de refermer la porte de ma suite.

Je dépose mes baskets boueuses devant la porte pour ne pas tacher la moquette crème et laisse libre cours à mon émerveillement. Un feu crépite dans une cheminée de pierre blanche, la moquette est si épaisse que j'ai l'impression de marcher dans de la chantilly, je me laisse tomber sur le lit monumental et m'enfonce dans la couette en riant toute seule. Mon téléphone vibre dans la poche de mon jean, texto de Sarah.

Tu es bien arrivée ? C'est comment ?

Avec une parfaite mauvaise foi, je réponds :

Comme dans *Shining*. Je m'attends à tout moment à voir surgir une hache et la tête de Jack Nicholson à travers la porte...

Elle m'envoie un smiley horrifié et je l'appelle pour la rassurer. Sur l'écran de mon Smartphone, elle sirote une tisane. Je lui raconte brièvement la nouvelle crasse de ma mère et ma promotion surprise au statut de critique d'hôtel. Sarah éclate de rire, nous discutons un peu, puis elle me souhaite bonne nuit, il est très tard à Singapour... Je la quitte à regret, mais il est presque dix-neuf heures et je n'ose pas trop sécher la « réunion d'accueil » annoncée par Gérard.

***

Quand j'ouvre la porte de ma chambre à 18 h 55, prête pour aller à la réunion, je constate avec horreur que mes baskets ont disparu. Paniquée, je regarde à gauche et à droite. Rien dans le couloir.

Qui a bien pu voler ma paire fétiche de Stan Smith usées jusqu'à la corde ? Furieuse, je fouille ma valise et constate que ma seule alternative est une paire d'après-ski. J'enfile donc mes *moon boots* et prends le chemin de la salle Flocons.

Quand j'arrive, les sept autres invités sont déjà en train de discuter autour d'une table où ont été déposés des biscuits de Noël recouverts de sucre glace. Une jolie blonde que je reconnais comme l'une des youtubeuses les plus en vue du moment explique en relisant ses notes prises dans un carnet Moleskine qu'elle trouve que la distribution des prises dans les chambres n'est pas optimale et que les Cotons-Tiges ne sont pas proposés en quantité suffisante tandis qu'un homme trapu d'une cinquantaine d'années se plaint de l'odeur trop sucrée du lait pour le corps. Je me présente, ils font de même. La youtubeuse s'appelle Joanna, l'homme Antoine. Je remarque alors pour la première fois un homme blond d'une trentaine d'années plutôt beau gosse.

— Benjamin, me dit-il en me tenant la main. Journaliste aux *Nouvelles de Savoie.*

— Cassandra... Heu, Christine, je bredouille, déstabilisée par son sourire ravageur.

— Ah ! s'exclame Joanna en ajoutant une note sur son carnet. Christine est en après-ski ! Preuve qu'il ne fait pas suffisamment chaud dans les couloirs.

— Ce n'est pas ça, on m'a volé mes baskets...

— Oh mon Dieu, quelle horreur ! Des vols dans l'établissement. Inadmissible de la part d'un hôtel de ce niveau ! renchérit-elle, griffonnant de plus belle.

Mal à l'aise, je m'assois, croque dans un gâteau en forme de sapin et laisse avec délice le sucre fondre sur ma langue. Une jeune femme en tailleur entre dans la pièce et nous salue avant d'annoncer :

— M. Alexandre Pelletier vous prie de l'excuser pour son retard, il sera là d'ici quelques instants.

Le nom me fait l'effet d'un coup de massue cloutée en pleine face et je m'étouffe avec mon biscuit.

— Alexandre Pelletier ?! je bégaie, les yeux écarquillés.

— Le directeur de l'hôtel, me répond l'hôtesse avec un sourire aimable.

Les discussions me parviennent de loin, comme si on m'avait plongé brutalement la tête sous l'eau. *Alexandre Pelletier.* Ce n'est pas possible... Je préférerais dîner tous les jours pendant un an entre Ben Laden et Adolf Hitler plutôt que de recroiser Alexandre Pelletier ne serait-ce qu'un dixième de seconde. Je me lève d'un bond.

— Je dois aller aux toilettes !

Et je me rue vers la porte. Heureusement, personne ne prête attention à moi. Fuir. Le plus vite possible, le plus loin possible. Je remonte le couloir au pas de course quand j'entends soudain des voix. Paniquée, je me jette derrière le sapin de Noël qui fait l'angle et observe entre un lutin rouge et une boule dorée les deux hommes qui remontent le couloir en discutant. Ma malchance vient de passer de fabuleuse à légendaire. Le premier est Gérard, qui a remis sa tenue de concierge. Le second – je le reconnaîtrais n'importe où – est en effet Alexandre Pelletier.

Je suis tétanisée. Il a changé, pourtant. Il est plus grand. On devine la carrure bien dessinée de ses épaules sous son pull de laine noire. Il doit toujours être aussi sportif. À l'époque, il jouait dans l'équipe de hockey sur glace et il passait tous ses hivers sur les pistes. Je reste plantée là, comme un sapin frappé par la foudre, à contempler la ligne de sa mâchoire, à suivre la main qu'il passe avec nonchalance dans ses cheveux bruns vaguement décoiffés. Et son regard... d'un bleu plus pur qu'un lac de montagne. J'ai envie de me mettre des baffes, mais je dois admettre qu'il est encore plus beau qu'avant. Il tient une feuille à la main et, soudain, il s'arrête net. Une expression de surprise passe dans ses yeux clairs.

— Christine Martin ? La journaliste de *FEMMES* ?

— Mlle Martin est arrivée ce matin, confirme Gérard, c'est une jeune femme charmante.

Alexandre fronce les sourcils.

— Jeune femme ? La Christine Martin que je connais doit avoir la cinquantaine passée...

— Peut-être s'agit-il d'un homonyme ? Ou alors de sa fille ? Une jeune femme de vingt-cinq ans, brune, bouclée, grandes lunettes, joli sourire...

Je révise immédiatement mon jugement sur Gérard et je me mets à sourire bêtement derrière mes guirlandes de Noël.

— Ce doit être un homonyme, rétorque froidement le jeune directeur de l'hôtel, je connaissais la fille, elle est passable, mais pas si jolie.

Il reprend son chemin vers la salle de réunion, me laissant furieuse et humiliée avec une envie difficilement contrôlable de surgir de ma cachette pour lui planter une branche de sapin dans l'œil.

De retour dans ma chambre, j'ouvre ma valise et y empile pêle-mêle les vêtements que j'ai emportés. Par la fenêtre, la neige tombe en flocons aussi gros que des balles de coton et le sommet des montagnes a disparu dans une épaisse brume blanche. Je tire mon bagage sur la moquette du couloir, prends l'ascenseur et traverse d'un pas décidé le hall de l'hôtel jusqu'à la réception où Gérard se tient, droit et prêt à servir les clients. Son regard inexpressif s'arrête sur ma valise.

— Je peux vous aider, mademoiselle Martin ?

— Gérard, s'il vous plaît, pouvez-vous me raccompagner à la gare, une urgence familiale m'oblige à rentrer en catastrophe.

— Mademoiselle Martin, je suis absolument confus, dit-il avec un air pas du tout confus, c'est malheureusement impossible, avec la chute de neige, la route est à présent fermée.

— Fermée ? Il doit y avoir une solution, c'est une question de vie ou de mort !

Gérard semble réfléchir intensément pendant quelques secondes avant de répondre :

— Je peux vous réserver un hélicoptère jusqu'à la gare, mais ce n'est pas compris dans votre séjour. Cela vous coûtera la modique somme de deux mille sept cent cinquante euros. Cela dit, avec cette visibilité, je doute qu'ils puissent venir avant demain matin.

— Merde !

Ma vulgarité laisse Gérard de marbre.

— Je suis réellement chagriné de ce qui vous arrive.

Il n'a pas l'air le moins du monde chagriné. Tant pis. J'irai à pied. Sans répondre, je me dirige avec détermination vers la porte et l'ouvre d'un grand coup. Un tourbillon de vent glacé chargé de neige s'engouffre et manque de me faire tomber par terre. Je la claque aussitôt avant de mourir cryogénisée.

— On annonce une tempête de neige historique, m'informe Gérard, j'ai peur que la situation ne s'arrange pas avant trois ou quatre jours.

Trois ou quatre jours ? Comment est-ce que je peux décemment survivre à trois ou quatre jours dans le même bâtiment qu'Alexandre Pelletier ? Encore, s'il avait été le directeur d'un complexe hôtelier de deux mille chambres... mais le petit hôtel ne contient que dix-huit chambres, il n'y a aucune chance que j'arrive à l'éviter pendant tout ce temps. À moins que... Je réfléchis quelques instants.

— Voulez-vous que je vous commande l'hélicoptère, mademoiselle Martin ? demande Gérard qui confond manifestement mon compte en banque avec celui de Bill Gates.

— Vous avez un service de repas en chambre ?

— Bien sûr, le menu est dans le tiroir de votre table de nuit.

— Parfait, j'ai changé d'avis, je vais rester, merci beaucoup.

Je remonte dans ma chambre le plus rapidement possible et vide de nouveau ma valise dans les placards. Pas besoin de paniquer. La situation est parfaitement sous contrôle. Je vais tout simplement rester enfermée dans cette chambre jusqu'à ce que la tempête de neige se calme et commander l'intégralité du room service. La chambre est sublime, la baignoire immense, j'ai la télévision et le service en chambre illimité à n'importe quelle heure. Dans ces conditions, je peux tenir un siège de cent ans.

Forte de cette nouvelle décision, j'ouvre à fond les robinets et me fais couler un bain brûlant dans lequel je renverse l'intégralité d'un flacon de bain moussant rose-litchi. Puis je sors du minibar une bouteille de champagne et une flûte. Quelques minutes plus tard, je me glisse dans l'eau brûlante et mousseuse, ma flûte de champagne à la main. Il y a même un téléphone à côté de la baignoire. J'avale cul sec ma coupe de champagne et me ressers. J'ai l'impression d'avoir été téléportée dans un film américain. Merveilleux. J'ai presque oublié Alexandre Pelletier. Au bout de la troisième coupe, prise d'une impulsion subite, je décroche le combiné et appuie sur la touche de la réception. Quelqu'un décroche au bout d'une sonnerie.

— Gérard, j'ai une gastro carabinée, je vais devoir rester enfermée dans ma chambre pendant tout le séjour, j'en ai peur. Je voudrais donc commander à dîner.

Il y a un silence au bout du fil, puis une voix grave, vaguement amusée, qui n'est pas du tout celle de Gérard et que je reconnais sur-le-champ, me répond :

— Je vous écoute.

Merde.

Alexandre.

J'ouvre la bouche, la referme, regrette instantanément les trois coupes de champagne. Je n'ai pas la moindre idée de ce que je veux commander.

— Je n'ai pas le menu sous la main…

— Il est dans le tiroir de la table de nuit de votre chambre.

— Oui, mais voyez-vous, là, je suis coincée dans la salle de bains et…

— Ah c'est vrai, la gastro…

La voix a pris un ton légèrement ironique et je pique un fard, me sentant parfaitement ridicule à l'idée qu'Alexandre Pelletier m'imagine désormais assise sur les toilettes, puis je réalise qu'il ne sait probablement pas qui je suis, puisque je ne lui ai pas donné le nom de ma chambre.

— Vous êtes toujours là, mademoiselle Martin ?

Re-merde.

Il sait parfaitement qui je suis. Ou tout du moins, il pense que je suis ma mère. Ce qui est aussi un problème, soit dit en passant, mais je ne me sens pas le courage de démentir pour le moment.

— Apportez-moi n'importe quel plat au hasard, dis-je à toute vitesse. De toute façon, il est nécessaire que je teste tout pour vous faire un retour objectif sur votre hôtel.

— Très bien. Ce sera prêt d'ici une vingtaine de minutes.

— Merci.

Je raccroche précipitamment et m'enfonce la tête sous la mousse rose-litchi en serrant les poings de frustration. Pourquoi lui ? Pourquoi maintenant ? Et surtout, pourquoi n'a-t-il pas pris trois cents kilos et des pustules sur tout le corps ? Mais même avec trois cents kilos et des pustules sur tout le corps, rien ne changera la réalité : Alexandre Pelletier a été mon premier amour. Le plus grand, le plus fort. Celui qu'on n'oublie jamais tout à fait. Et il m'a jetée comme une pauvre chaussette trouée du jour au lendemain. J'ai mis des années à me remettre de ce qui s'est passé entre nous. Peut-être même ne m'en suis-je jamais vraiment remise. J'ai envie de crier. J'égrène les secondes sous l'eau et, peu à peu, la chaleur et le silence sous-marin m'apaisent. Au bout d'une bonne minute, à bout de souffle, je ressors la tête de l'eau et prends une grande inspiration. J'ai l'esprit beaucoup plus clair, soudain. Je n'ai plus dix-sept ans. Je suis une adulte maintenant. Sarah a raison. Je traîne cette histoire depuis trop longtemps. Le hasard a fait que je suis tombée sur Alexandre Pelletier après toutes ces années. C'est la seule opportunité que j'aurai jamais d'avoir une explication, de laisser sortir tout ce que j'ai sur le cœur. C'est décidé : je vais lui parler. J'aurai enfin cette conversation que j'aurais dû avoir onze ans plus tôt.

Je sors de mon bain, enfile mon pyjama et peigne mes boucles mouillées. Je ne peux m'empêcher de jeter un coup d'œil dans la glace et fronce les sourcils derrière mes lunettes. Mon tee-shirt « I love Mr Darcy » bâille un peu à l'encolure et le bas ananas laisse clairement à désirer. J'enfile par-dessus le peignoir blanc immaculé aux armoiries de l'hôtel et hausse les épaules. « Passable, mais pas si jolie », a-t-il dit. Je n'ai pas besoin d'être jolie, connard, j'ai un double doctorat en architecture moderne et un cerveau bien plus puissant que le tien. Non, mais.

Quand on frappe à la porte quelque temps plus tard, je suis prête à affronter l'ennemi de pied ferme. Une petite partie de moi espère non sans une certaine lâcheté trouver Gérard en lieu et en place du directeur de l'hôtel, mais quand j'ouvre la porte, je tombe bien nez à nez avec les yeux bleu clair d'Alexandre. J'attends que l'étonnement apparaisse sur son visage aux traits réguliers, qu'il s'exclame « Cassandra ! Quelle surprise ! », voire « Cassandra ! Quelle horreur ! » ou quelque chose dans ce genre, mais au lieu de cela, il me tend une main que je serre mécaniquement et il me sort avec un sourire poli :

— Bonsoir, mademoiselle Martin, nous n'avons pas été présentés je crois, je suis Alexandre Pelletier, le directeur de l'hôtel.

Pour la deuxième fois de la journée, j'ai l'impression de me prendre une gifle. Sa poignée de main est ferme et assurée. Il pousse un chariot recouvert d'une longue nappe blanche sur lequel repose un plat unique recouvert d'une cloche argentée.

— J'espère que vous aimez la tartiflette, mademoiselle Martin.

— Vous êtes directeur et vous faites le service ?

— Je profite de cette période avant l'ouverture de l'hôtel pour tester les différents postes de mes employés. J'estime qu'on ne peut pas diriger un hôtel sans ce genre de connaissance opérationnelle.

Tout en parlant, il a installé un fauteuil devant la table roulante et allumé une bougie sur le plateau. Puis il se redresse et me contemple quelques secondes de ce regard qui me fait penser à un ciel de montagnes au mois d'août. J'attends une réaction, au point où j'en suis, un simple « Votre tête me dit vaguement quelque chose » ou « On s'est déjà vus quelque part, non ? » me suffirait... Mais rien. Pas une étincelle de reconnaissance.

— N'hésitez pas à appeler la réception s'il vous manque quoi que ce soit, je vous souhaite une belle soirée.

Mécaniquement, je hoche la tête et réussis à souffler :

— Merci.

À peine est-il sorti que je m'adosse à la porte et me laisse glisser sur le sol, le souffle coupé.

J'ai imaginé des milliers de fois revoir Alexandre Pelletier, je m'étais fait un nombre incalculable de scénarios improbables, et pourtant, pas une fois, je n'avais envisagé qu'il puisse ne pas me reconnaître. Lui, qui a fait de mon cœur un meuble Ikea en kit, impossible à remonter, n'a même pas un vague souvenir de mon visage. Tant pis. Il n'y aura pas d'explications, pas de deuil, pas de rétablissement.

On frappe à la porte. C'est peut-être Alexandre qui se souvient brutalement qu'il m'a connue dans une autre vie. Je me relève, l'ouvre d'un coup, mue par un vain espoir et me retrouve nez à nez avec Gérard, qui tient mes baskets à la main.

— Il a été porté à mon attention que vous pensiez qu'on vous avait volé vos baskets. Je suis désolée pour le malentendu, mais nous avons un service de nettoyage de chaussures : toutes les chaussures laissées dans le couloir sont récupérées par un employé et nettoyées pour le lendemain.

Il me tend cérémonieusement mes vieilles Stan Smith comme si c'était les pantoufles de Cendrillon. Elles ont presque retrouvé leur blancheur initiale, ce qui tient clairement du miracle de Noël. Puis, il referme la porte. Je ne me suis pas sentie aussi stupide depuis ce jour de CE1 où ma mère m'avait envoyée déguisée en micro-ondes à l'école (il avait fallu être créatif, le seul élément de costume qu'elle avait trouvé la veille au soir étant un vieux carton), parce qu'elle était persuadée que c'était Mardi gras (ce qui n'était pas le cas, puisque nous étions d'une part jeudi et d'autre part au mois d'avril).

L'odeur de fromage fondu qui me monte aux narines me sort de ma torpeur. Autant tirer le maximum de cette situation. Après tout, c'est sans doute la seule fois de ma vie où je passerai mes vacances dans un hôtel cinq étoiles.

Quelques minutes plus tard, je suis affalée sur ma couette en train de déguster la meilleure tartiflette de ma vie, tout en regardant *Orgueil et Préjugés* sur ma tablette. Je prends un selfie et l'envoie à Sarah avec la légende « Paradis » et m'enfonce un peu plus dans les coussins crème. Je vais tellement profiter de cet endroit qu'avec un peu de bol, ce crétin arrogant d'Alexandre Pelletier et son Hôtel des Monts enneigés de mes deux feront faillite avant même l'ouverture.

***

Je m'étire avec délice dans les draps en percale. J'ai dû dormir dix heures d'affilée, ça ne m'était pas arrivé depuis une éternité. La lumière filtre entre les épais rideaux, je me lève et les ouvre en grand. La neige s'est accumulée jusque dans les coins des vitres comme sur les illustrations des livres pour enfants. La route par laquelle je suis arrivée n'est même plus discernable entre les pins vêtus de blanc. Je décroche le téléphone et entreprends de commander l'intégralité du menu du petit déjeuner avant de me recoucher, les yeux perdus dans ce paysage de rêve. Je réalise que la montagne où j'ai grandi m'a terriblement manqué.

C'est une femme que je n'avais encore jamais vue qui m'apporte le petit déjeuner. Elle s'appelle Evelyne. Elle m'explique, tout en rallumant la cheminée, qu'en plus de la panière de viennoiseries et des œufs au bacon, le chef a ajouté son fameux pain d'épice maison spécial Noël. Je me souviens alors que nous sommes le 23 décembre. Avec toute cette histoire, j'avais presque oublié que Noël arrivait, mais l'odeur du café chaud et du bacon croustillant chasse cette perspective désagréable. Evelyne me souhaite une bonne journée et me laisse devant mon festin.

La journée se déroule sans encombre. Après le déjeuner, on nous propose une promenade en raquettes dans la forêt que je m'empresse d'accepter. C'est Alexandre qui nous sert de guide, je me tiens quelques pas derrière lui, mais j'écoute attentivement ses explications. Il connaît tous les arbres, la montagne a toujours été son terrain de jeu favori. Je me souviens qu'il a commencé à pratiquer à douze ans le ski hors piste dans la forêt, malgré les punitions et l'inquiétude de ses parents. Je me rappelle toutes les fois où il m'a emmenée, l'été, jusqu'à des cascades cachées, connues de lui seul, où on se baignait dans l'eau, glacée jusqu'au milieu du mois d'août parce qu'elle coulait directement des glaciers. Comment a-t-il pu oublier tout ça ? Comment a-t-il pu résumer son souvenir de moi à ce « passable, mais pas si jolie ». Comment peut-il y avoir un tel décalage entre ce qu'il a représenté pour moi et ce que j'ai représenté pour lui ? Perdue dans mes pensées, je manque de m'étaler aux pieds de mon ex-meilleur-ami-amour-de-ma-vie qui me rattrape de justesse. Pendant un court instant, la proximité de son corps, la force de son bras autour de ma taille me ramènent onze ans en arrière. Le jour où, pour la première et unique fois, j'ai fait l'amour avec lui. Où pour la première fois, j'ai fait l'amour tout court, d'ailleurs. Je me souviens comme si c'était hier de l'odeur de savon de Marseille de sa couette, du poster de Star Wars qui faisait face à son lit, de ses bras autour de moi et de son souffle chaud dans mon cou, de la douceur de ses mains, de la neige qui tombait dehors. Tout est encore tellement précis.

Surtout la descente en enfer des jours suivants…

À l'hôtel, de délicieux sablés au chocolat et un thé de Noël à la douce odeur de cannelle nous attendent devant le feu chaleureux de la bibliothèque. Même Joanna, l'exigeante youtubeuse, semble enfin conquise par les charmes de l'Hôtel des Monts enneigés et multiplie les photos et les vidéos qu'elle poste en direct sur les réseaux sociaux.

Pourtant, en me couchant, je ressens une grande tristesse. Sarah avait raison, revenir sur les lieux de mon enfance a fait remonter des souvenirs douloureux.

Le lendemain, tout l'hôtel se prépare à fêter Noël. Joanna nous annonce qu'elle compte profiter du spa, puis regarder *Love Actually* avant le dîner de réveillon prévu par l'hôtel. Dans le hall, le somptueux sapin auquel Gérard accroche des boules argentées et dorées embaume et la playlist de Noël tourne en boucle dans la salle du restaurant. Je m'enfuis dans ma chambre après le petit déjeuner, où je trouve une maison en pain d'épice déposée sur le lit impeccablement fait. Je suis cernée. J'ai l'impression de m'être réveillée dans un téléfilm de Noël. N'ayant aucune envie de rester toute la journée dans cette ambiance de marrons chauds, je me rends à la réception, où Gérard est en train de suspendre de mini-berlingots rouges et blancs à un ruban doré accroché derrière le comptoir.

— Je peux vous aider, mademoiselle Martin ?

— Oui, j'ai vu dans le descriptif de l'hôtel qu'on pouvait louer des motoneiges, est-ce que c'est compris dans votre offre tout inclus ?

— Le principe d'une offre tout inclus, mademoiselle Martin, c'est que tout est inclus.

— Oui, enfin pas le trajet en hélicoptère pour aller à la gare…

— Certes, admet-il. Voulez-vous que nous mettions à votre disposition une motoneige ? En revanche, je vous prierai de bien vouloir suivre les pistes prévues et de revenir dans une heure maximum : on annonce une nouvelle tempête de neige en fin d'après-midi.

Il déplie un plan devant moi et m'indique le chemin à emprunter afin de ne pas finir dans une crevasse avec mes regrets et un coccyx fêlé. Je le remercie, et quelques minutes plus tard, revêtue d'une combinaison et d'un casque prêtés par l'hôtel, j'enfourche ma motoneige.

Le vent mordant sur mes joues et l'odeur de la sève dans l'air froid me rappellent les hivers de mon enfance, j'accélère et suis la piste indiquée par Gérard. J'avais oublié à quel point cette région était belle. Perdue dans mes pensées, je ne fais pas attention à l'heure. Ce n'est que quand la neige commence à tomber et que le blanc cotonneux du ciel a fait complètement disparaître la lumière du soleil que je réalise que j'ai dû me tromper de chemin. Sous les patins de mon véhicule, la neige cache un terrain de plus en plus accidenté. Je tente de freiner, mais le sol s'affaisse brutalement et la motoneige tombe deux mètres plus bas. Elle fait plusieurs tonneaux, tandis que j'effectue un vol plané et viens m'écraser lamentablement dans un sapin.

Il me faut quelques secondes pour absorber la secousse et me redresser. Je me relève difficilement pour m'enfoncer dans la neige jusqu'à mi-cuisse et pousse un gémissement de douleur avant de me laisser tomber. Ma cheville refuse de me porter. Je sors mon téléphone portable de ma poche. L'écran est brisé, mais il marche, je retire un gant et essaie d'appeler l'hôtel pour qu'ils envoient quelqu'un me chercher. Pas de réseau.

Mon véhicule s'est échoué un peu plus bas, le pare-brise est brisé. Je pousse un soupir, je doute qu'une motoneige flambant neuve bousillée contre un arbre soit comprise dans le « tout inclus » de l'Hôtel des Monts enneigés, ce n'est toutefois pas mon souci prioritaire. Je lève la tête vers la pente raide qui me sépare du chemin. Le vrai problème est que la nuit tombe bientôt... Je n'ai aucun moyen de rentrer, et malgré l'épaisse combinaison imperméable prêtée par l'hôtel, le froid me fait claquer des dents.

Je n'ai pas le choix. Je dois rejoindre la route. Vaguement inquiète, je remets mon gant, prends une grande inspiration et commence à remonter en boitant les cinquante mètres qui me séparent de la piste. Les dents serrées pour ne pas crier de douleur quand je sollicite ma cheville, je m'accroche aux branches et à tout ce qui peut m'aider à me hisser, mais la pente est raide et la neige m'arrive maintenant jusqu'à la taille. À chaque fois que j'avance d'un pas, j'ai l'impression de reculer de deux.

Je ne sais pas combien de temps je lutte, je suis en sueur sous la combinaison. Quand je me retourne et que j'aperçois, à peine quelques mètres plus bas, le cadavre de la motoneige que la neige recouvre peu à peu, je réalise que je n'ai même pas fait la moitié de la distance. Le découragement me saisit et, pour la première fois, une peur réelle me serre la gorge. Je n'ai même pas l'excuse d'être une touriste inconsciente, j'ai grandi ici. Je sais que la montagne pardonne rarement ce genre d'erreurs, surtout en plein hiver pendant une tempête de neige. Comment ai-je pu être assez stupide pour me faire surprendre ?

Il doit être dix-sept heures passées, le 24 décembre. Tout le monde s'apprête à réveillonner, un voile gris annonciateur de la nuit a recouvert le ciel. Ont-ils remarqué mon absence à l'hôtel ? Gérard, débordé par ses multiples tâches, se rendra-t-il compte que la motoneige n'est pas revenue à l'heure prévue ou sera-t-il trop occupé à tartiner des toasts de foie gras pour envoyer quelqu'un à ma rescousse ? La sueur de mes efforts s'est transformée en un voile glacé sur ma peau ; ma cheville, de plus en plus serrée dans mes après-ski, a dû doubler de volume. Je sais que je ne devrais pas, mais je me laisse tomber dans la poudreuse, à bout de forces. Juste cinq minutes. Je m'enfonce dans sa douceur trompeuse. Je ne dois pas dormir. La lumière a pris une teinte bleu marine à présent. Les flocons me recouvrent comme un traître édredon. À moitié consciente, j'observe les branches noires qui s'agitent dans le crépuscule comme de longs bras décharnés qui me bercent. Je ne dois pas dormir. Jamais je n'ai entendu pareil silence. Je repense à ces histoires qu'on entendait petits, le père de Noé, la sœur de Clémence, tous ceux que la montagne a pris et n'a jamais retournés. Bizarrement, je n'ai presque plus froid. Je ne dois pas dormir. Je ferme les yeux.

Ce sont des cris éloignés, étouffés par la neige et associés aux sons intermittents des motoneiges qu'on redémarre, qui me sortent de ma torpeur. Je ne sais pas combien de temps s'est écoulé, mais la nuit est totale. Mon corps ne répond plus, un sursaut traverse cependant mes membres transis.

— Ici !

Mon premier appel sort comme un croassement douloureux, puis ma voix reprend peu à peu de sa force. J'allume le flash de mon téléphone portable et l'agite frénétiquement dans l'obscurité. J'aperçois les faisceaux des lampes de poche comme des yeux jaunes qui clignotent dans tous les sens sur la route au-dessus de ma tête et je crie plus fort en secouant mon bras. Les faisceaux s'arrêtent.

— Tenez bon, mademoiselle Martin ! hurle Gérard qui n'a plus l'air impassible du tout. Nous arrivons !

Je ne sens plus mes membres et mes dents claquent de manière incontrôlable. Je continue de hurler en brandissant mon téléphone pour qu'il puisse repérer ma position. Quelques minutes plus tard, une ombre se découpe au-dessous de moi, une corde de rappel autour de la taille. De soulagement j'éclate en sanglots.

— Ça va aller, Cassandra, murmure Alexandre en dégageant la neige qui coince mes jambes, on va te sortir de là.

Sa voix a beau être réconfortante et assurée, j'y décèle une réelle inquiétude. Alexandre Pelletier a eu peur que je meure. Cette idée fait transparaître à travers mes larmes un sourire idiot sur mes lèvres gercées. Il passe son bras sous ma taille, j'accroche mes bras à ses larges épaules et il me soulève comme si je ne pesais rien du tout. Il émet un sifflement, signe qu'en haut on doit tirer et, lentement, tenant la corde d'une main et moi de l'autre, il me remonte vers la route.

***

La suite est un peu floue, je reprends réellement conscience devant la cheminée de la bibliothèque de l'Hôtel des Monts enneigés, enveloppée dans la couverture la plus douce du monde, tandis qu'Alexandre tente de verser entre mes lèvres gercées un vin chaud à la délicieuse odeur de cannelle. Je saisis le verre et mes mains encore engourdies frôlent ses doigts. Une décharge de chaleur plus efficace que n'importe quel feu de joie me réchauffe instantanément.

— Comment vous sentez-vous, mademoiselle Martin ? demande-t-il.

Sa voix est de nouveau impassible, elle a perdu les intonations inquiètes et chaudes de tout à l'heure.

— Mieux, dis-je.

— Gérard, la situation est sous contrôle, vous pouvez reprendre votre poste, déclare Alexandre. Mademoiselle Martin est trop faible pour participer au réveillon collectif.

J'ouvre la bouche pour lui rétorquer que je ne suis pas faible et que ce n'est pas à lui de décider si je veux participer au réveillon ou pas, puis un détail me revient brusquement en mémoire. « *Ça va aller, Cassandra.* » Dans la forêt, dans la panique du moment, il m'a appelée par mon prénom. Il sait très bien qui je suis, il prétend ne pas me reconnaître. Gérard quitte la pièce en me souhaitant bon rétablissement et je me retrouve seule avec Alexandre.

— Vous devriez aller enfiler des vêtements secs, dit-il, la combinaison était déchirée, l'humidité a transpercé le tissu.

Je tente de me redresser et m'effondre instantanément avec un cri de douleur. Il me rattrape de justesse.

— Ça va ?

— Ma cheville… J'avais oublié, je pense que je me suis fait une entorse…

— OK, je vais aller vous chercher des…

— Arrête de me vouvoyer !

Je l'ai coupé d'une plus voix sèche que je ne l'aurais voulu et il s'interrompt, une expression d'étonnement traverse son regard clair.

Je poursuis, tant que j'en ai le courage :

— Tu sais très bien qui je suis, alors je préférerais qu'on arrête cette mascarade.

Il reste un instant silencieux, le visage illisible avant de répondre calmement :

— Je peux aller te chercher des vêtements, Cassandra, et te trouver de la glace pour ta cheville, ou t'aider à remonter dans ta chambre si tu préfères.

Je fixe les flammes dansantes dans la cheminée sans répondre. Il pousse un soupir et sort de la pièce. Son absence crée un vide, comme si sa simple présence réchauffait l'atmosphère. Il a si longtemps été synonyme de sécurité pour moi. Il était le pilier de ciment qui compensait les fondations instables de ma famille.

Les souvenirs affluent tout à coup. Notre première rencontre, en primaire. Il était dans la classe au-dessus de la mienne, pourtant j'avais mis une gifle à un grand qui essayait de lui prendre le Twix de son goûter. Quand la France entière lit la vie sexuelle de ta mère toutes les semaines, tu apprends très tôt à te défendre et à répondre aux moqueries des autres enfants.

Il m'a appris à faire du ski, je lui ai appris à dessiner. Je n'ai jamais eu de meilleure copine avant Sarah. J'avais un meilleur copain. J'avais Alexandre. Il n'avait qu'un seul défaut : il détestait *Orgueil et Préjugés*. Mais je pouvais lui pardonner, parce qu'il terminait les phrases que je laissais en suspens, il me faisait des playlists des Spice Girls sur des cassettes audio, et depuis le jour où il m'avait trouvée en larmes, cachée dans le vestiaire des filles parce que j'avais du sang sur mon pantalon, il avait toujours une serviette hygiénique ou un tampon dans son sac à dos, juste au cas où.

Décembre était la pire période de l'année : il partait deux semaines en vacances chez sa grand-mère en Forêt-Noire. Il passait Noël dans son immense famille. Il me le racontait, les yeux brillants d'excitation, et moi je ne lui disais jamais à quel point il allait me manquer. Il me rapportait de ce séjour annuel des stylos et des carnets Diddl qu'on ne trouvait qu'en Allemagne à l'époque et dans lesquels, petite déjà, je dessinais des maisons. Des maisons stables, solides, pour la famille stable que je rêvais d'avoir. Une famille comme celle d'Alexandre, avec ses deux petites sœurs et ses parents aimants.

Et puis, il y avait eu ce moment qui avait tout changé. Ses lèvres sur les miennes, ses mains sur mon corps. Ma première fois. Sa première fois à lui aussi. Enfin, je crois. Le plus beau souvenir de ma vie. Un moment parfait, comme on en connaît peu dans une vie. Aussi parfait que la première fois que j'ai lu *Orgueil et Préjugés*, ou cette fois où ma mère m'a emmenée trois jours autour du lac de Côme, la seule fois où je ne l'ai eue que pour moi entre deux amants de passage.

Je suis rentrée et j'ai annoncé à ma mère que je devais prendre la pilule. Elle m'a félicitée, puis elle est passée en mode Gestapo. « Qui ? Quand ? Comment ? Où ? Et j'espère qu'il a mis un préservatif ! » J'ai menti. Je ne voulais pas partager ce moment avec elle, je ne voulais pas qu'elle juge mes peurs et mes faiblesses, elle qui était tellement experte du sujet. Déjà, j'avais attendu l'âge canonique de dix-sept ans pour découvrir le sexe, c'était suffisamment honteux comme ça dans mon esprit d'adolescente. J'ai joué la fille détachée et lui ai raconté n'importe quoi.

Le lendemain, Alexandre m'a apporté une rose au lycée. Nous nous sommes tenu la main toute la journée, puis il est parti en vacances en Allemagne, comme tous les ans. Jamais depuis je n'ai ressenti telle évidence. Début janvier, *FEMMES* publiait une chronique de quatre pages. « L'histoire d'une première fois : comment les jeunes du XXe siècle explorent leur sexualité ». C'était l'histoire d'une fille qui couche avec son copain d'enfance « juste pour essayer », qui a trouvé ça « plutôt sympa » et qui « recommencera peut-être ». Et puis, il y avait cette dernière phrase. Peut-être que, sans cette dernière phrase, j'aurais eu une chance de récupérer la situation. « Il m'a dit "je t'aime", mais je n'ai pas répondu. » C'était la seule chose véridique du récit fait à ma mère. Alexandre m'avait dit « je t'aime » et j'avais été tellement bouleversée que j'avais été incapable de répondre. La fille de l'article n'avait rien à voir avec moi. Cette histoire n'avait rien à voir avec mon histoire avec Alexandre. Mais ça, personne ne le savait, pas même lui. Je ne sais pas qui a découvert la chronique, n'importe quelle ado qui avait piqué le magazine à sa mère avait pu tomber dessus. Le jour de la rentrée de janvier, une âme charitable s'est chargée de la photocopier et de la placarder dans tous les couloirs. La rumeur s'est propagée à la vitesse de la lumière. Et Alexandre ne pouvait plus faire trois pas dans les couloirs sans qu'une multitude d'abrutis décérébrés lui hurlent « Je t'aiiiiime » en mode Lara Fabian. J'ai essayé de lui parler. Je suis allée l'attendre à la sortie de son cours de maths. Il rangeait ses livres dans son sac à dos, ses cheveux bruns ébouriffés, l'air perdu.

— Alex... je...

Il s'était retourné d'un coup au son de ma voix, comme si un monstre immonde venait de se dresser devant lui, ses yeux clairs assombris par le mépris.

— Il n'y a rien eu entre nous, Cassandra, ne m'adresse plus jamais la parole.

C'est la dernière chose qu'il m'a dite. Le lendemain, il sortait avec Jessica Laurent, une fille que je soupçonnais d'être amoureuse de lui depuis le CE2, ce qui fit taire les rumeurs.

Au mois de février, nous avons déménagé à Paris et je n'ai plus jamais entendu parler d'Alexandre.

Jusqu'à ce séjour.

La porte s'ouvre et il apparaît de nouveau, il me tend un gros pull de laine et un jogging. Il m'aide à les enfiler et à me rasseoir avant de placer un sachet de glace contre ma cheville.

— Ça va être compliqué de te trouver un médecin avant après-demain, mais je pense qu'elle est juste foulée.

Il pourrait éviter mon regard, mais ce n'est pas le cas. Peut-être qu'il prétendait ne pas m'avoir reconnue, simplement par indifférence. L'atmosphère est douce dans la bibliothèque, on n'entend que le crépitement du feu dans le silence. Je pense à la tempête dehors, au vent mortel tourbillonnant entre les sapins. Je murmure :

— Si tu ne m'avais pas trouvée, je serais morte.

— Oui, et ça aurait été catastrophique pour l'image de l'hôtel. Tu veux manger quelque chose ?

La brutalité de ce commentaire me laisse un instant sans voix. Comme si le problème, ce n'était pas que je meure de froid entre deux sapins, mais que son chiffre d'affaires en pâtisse. Puis je comprends : il m'en veut encore. Ce n'est pas de l'indifférence, c'est de la colère.

— Je suis désolée, Alexandre, dis-je tout à coup, je suis désolée de ce qui est arrivé entre nous, je suis désolée que ma mère ait écrit cette chronique, mais je crois que ça fait dix ans que j'ai besoin de te dire quelque chose de très important : tout ce qu'elle a écrit était faux. J'étais amoureuse de toi, j'étais dingue de toi. Je ne voulais pas qu'elle sache, je voulais protéger ce qu'on avait vécu, que ça ne reste qu'entre toi et moi. Je lui ai menti. Je n'ai pas répondu à ton « je t'aime » parce que c'était trop parfait, trop merveilleux, trop émouvant, trop tout, parce que je n'avais plus de voix, parce que je ne savais pas qu'on pouvait être aussi heureux. Je ne t'ai jamais oublié, je n'ai jamais aimé quelqu'un comme je t'ai aimé, tous les hommes que je rencontre, je les compare avec toi, ma première fois avec toi, c'est mon plus beau souvenir et le plus douloureux aussi, parce que je me dis que si ce n'était jamais arrivé, je ne t'aurais pas perdu.

Je m'arrête à bout de souffle, j'ai parlé à toute vitesse, sans respirer. J'ai les larmes aux yeux, mais un poids dont j'ignorais la présence s'envole de ma poitrine. Comme si ces mots, que j'aurais dû avoir le courage de prononcer à la sortie de ce cours de maths il y a si longtemps, pesaient sur mon cœur depuis, comme un petit tas de cailloux noirs qui vient enfin de se volatiliser. Je n'ose pas le regarder, je garde les yeux baissés vers les flammes. Le silence envahit de nouveau la pièce. Je sens son regard calme sur moi.

— Tu aurais pu me dire tout ça à l'époque, ça m'aurait évité un cœur brisé et de perdre ma meilleure amie.

Malgré son ton ironique, sa voix s'est adoucie et je relève les yeux vers lui.

— Tu as énormément compté pour moi, dis-je, en amitié et en amour. Toute mon enfance est liée à toi, j'ai eu l'impression de perdre un membre de ma famille…

Il se laisse tomber sur le fauteuil à côté de moi et enfonce les mains dans les poches de son jean.

— Tu ne m'as plus jamais adressé la parole, pendant des semaines, j'ai attendu que tu m'appelles, que tu m'expliques…

— Tu m'avais ordonné de ne plus jamais te parler, j'ai simplement respecté ton choix…

— Et puis un jour, je suis arrivé au lycée et tu avais déménagé à Paris…

— Je suis venue chez toi la veille, je voulais te voir, j'allais sonner à la porte et j'ai vu par la fenêtre le blouson de ski de Jessica accroché au portemanteau de l'entrée, alors j'ai fait demi-tour.

— Il faut croire qu'on s'est loupés, murmure-t-il, c'est dommage.

Il se lève lentement.

— Tu veux que je t'aide à remonter dans ta chambre ? Je suis désolé, j'aurais aimé t'offrir une soirée plus agréable que coincée dans une tempête de neige avec une cheville foulée… Je ne te propose pas de te faire monter le dîner du réveillon, je me souviens que tu détestais Noël et tout ce qui y était attaché…

Les flammes dessinent des ombres sur son visage, je le trouve beau. Encore plus beau qu'avant.

— Tu sais ce que je me disais, tous ces Noëls que je passais seule avec ma mère ou à l'écouter se disputer avec son mec du moment ? Je me disais que je rêvais d'un Noël traditionnel dans la famille Pelletier, j'ai toujours rêvé de passer les fêtes de fin d'année dans ta famille parfaite.

Un sourire amusé effleure ses lèvres.

— Ma famille n'est pas parfaite…

— Je sais, enfin aujourd'hui je le réalise, aucune famille n'est parfaite, mais vous vous aimiez et ça crevait les yeux. Bref… Tu as longtemps été la seule personne avec qui j'ai eu envie de fêter Noël.

Il me dévisage, pensif. J'ai toujours du mal à lire le fond de sa pensée, mais une certaine tendresse se lit dans ses yeux azur.

— Pas de réveillon en famille pour moi ce soir, puisque la route est bloquée… Je suis donc en capacité de t'offrir, au moins partiellement puisque je serai l'unique membre de ma famille présent, un traditionnel réveillon de Noël Pelletier…

Ses yeux pétillent et je ne peux retenir le sourire qui me monte aux lèvres, car je reconnais l'adolescent que j'ai tant aimé dans les petites flammes qui se sont allumées dans son regard.

Moins d'une heure plus tard, il a installé une table nappée de blanc devant la cheminée et remonté de la cuisine des plats recouverts de cloches sur une table roulante. L'odeur de la dinde grillée aux marrons me fait saliver. Avec tout ça, j'avais oublié mon estomac qui gargouille allègrement.

— J'ai faim !

Alexandre m'enlève des mains la cloche en argent que je viens de soulever et qui recouvre une bûche au chocolat recouverte de crème fouettée et me colle une coupe de champagne dans la main.

— Peut-être, mais d'abord, les cadeaux ! On ouvrait toujours nos cadeaux le 24 au soir avant le repas, explique-t-il. Je soupçonne mes parents d'avoir créé cette prétendue tradition pour pouvoir réveillonner tranquilles pendant que tous les enfants étaient occupés avec leurs nouveaux jouets.

À ma grande surprise, il me tend un petit paquet rectangulaire enveloppé dans du papier d'aluminium, avec une ficelle de chanvre en guise de ruban.

— Un peu rudimentaire comme paquet, je fais remarquer en riant.

Je l'ouvre tout de suite, impatiente comme une enfant de savoir ce qu'il contient. À l'intérieur, je trouve un livre. Je caresse du bout des doigts la tranche dorée et le titre gravé sur la couverture rouge cartonnée.

— *Orgueil et Préjugés*, je murmure, tu te souviens…

— Que c'est ton livre préféré ? Oui. J'ai trouvé cette édition chez une bouquiniste de Lyon il y a quelques mois, elle m'a raconté une jolie histoire le concernant : une jeune femme nommée Louise lui a fait promettre de le faire passer de main en main car il est supposé porter chance à son propriétaire. Pour tout te dire, je l'ai pris parce qu'il m'a fait penser à toi. Je t'ai cherchée souvent sur Facebook, je ne t'ai jamais trouvée.

Je feuillette le livre, émue par cette édition aussi jolie que l'histoire qui y est attachée.

— Je ne suis pas sur les réseaux sociaux... Probablement une réaction à l'obsession de ma mère à ce sujet. En tout cas, tu ne pouvais pas me faire plus beau cadeau.

Il sourit.

— Et le mien ? demande-t-il.

Son cadeau m'a fait tellement plaisir que je suis gênée de n'avoir rien à lui offrir. Je lève la tête vers lui, les souvenirs affluent et je repense à notre premier baiser, cette fameuse nuit dans sa chambre d'adolescent. Alors, je pose ma main sur sa nuque et l'attire doucement vers moi afin de coller mes lèvres aux siennes. Il me rend mon baiser, longuement et intensément. J'oublie les victuailles sur la table roulante et ma cheville foulée. Plus rien n'existe que ses lèvres sur les miennes et ses mains qui caressent mes joues, mon cou et viennent se perdre dans mes cheveux.

***

C'est la vibration de mon téléphone sur la table de nuit qui me réveille. Il fait grand jour et le soleil brille dehors. Je souris de bonheur en sentant dans mon cou le souffle chaud et régulier d'Alexandre qui dort encore. Je me dégage avec douceur de ses bras.

« Maman » s'affiche sur l'écran. Je soupire et décroche.

— Joyeux Noël, ma chérie ! crie ma mère dans le combiné.

— Joyeux Noël, Maman, je murmure, incapable de lui en vouloir plus longtemps.

— Alors, tu as aimé mon cadeau ?

Je lève les yeux au ciel.

— Ton séjour gratuit que tu m'as refourgué sans me prévenir qu'il s'agissait en réalité d'un séjour test ? Merci bien, c'était l'horreur !

— Oh, non, je ne parle pas de ce cadeau-là, je parle de l'autre...

— L'autre cadeau ?

Il y a une note de triomphe dans sa voix qui m'inquiète, qu'est-ce qu'elle a encore inventé ?

— Le cadeau qui fait que tu dors encore à dix heures passées et que tu chuchotes dans le combiné de peur de le réveiller ! Ton amour d'enfance que tu n'as jamais été capable d'oublier, voilà mon cadeau de Noël !

Je reste un instant abasourdie.

— Tu savais... je balbutie dans le combiné, tu savais que c'était lui qui dirigeait l'hôtel ! Et tu m'y as envoyée quand même...

Non seulement, elle s'est une fois de plus mêlée de mes affaires, mais elle m'a mise dans une situation, dans une situation... Je me retourne et croise le regard bleu d'Alexandre qui vient de se réveiller et me décoche un sourire ensommeillé à faire fondre le mont Blanc. Je m'arrête net. Pas si mal, cette situation, tout compte fait. Ma colère retombe d'un coup.

— C'est de loin le meilleur cadeau que tu m'aies jamais fait.

— Je le savais, ma chérie ! Dès que j'ai reçu cette invitation et compris qui était le directeur de l'hôtel, j'ai su que tu devais y aller à ma place. Je sais que tu ne m'as jamais vraiment pardonné cet article. J'ai mis des années à comprendre que tu étais vraiment amoureuse de lui, et crois-en mon expérience et mes deux cent quatre-vingt-dix-sept amants : on n'aime jamais plus comme on aime à dix-sept ans. Joyeux Noël, Cassandra, je dois retourner à mon stage de fauconnerie avec Pablo. On s'est remis ensemble !

Je pousse un soupir.

— Joyeux Noël, Maman, et… merci.

Il y a un court silence au bout de la ligne avant qu'elle ne réponde.

— Merci à toi, ma chérie, sache que Noël ou pas, tu es le plus beau cadeau que la vie m'ait fait.

Elle raccroche, me laissant un instant sans voix et les larmes aux yeux.

Alexandre sourit.

— La magie de Noël ? demande-t-il.

— Il faut croire, je réponds.

Il me prend dans ses bras et me renverse de nouveau sur le lit.

— Reprenons où nous en étions… murmure-t-il avant de m'embrasser.

LE MANOIR DES WILFRIED

Noël 2016

Isabelle Alexis

— D'aussi loin que je me souvienne, j'ai toujours connu la famille de Wilfried. Leur haut manoir à l'architecture normande assumée et aux volets dans les teintes bleu nuit dominait notre village de Basse-Normandie. Françoise de Wilfried et ma mère sont amies depuis l'enfance. J'ai toujours connu les deux fils de Françoise...

— Chrrchrrchrrr... Chrrrchrrr...

Lisa s'interrompt et se redresse dans le divan.

— Qu'est-ce que vous faites ?

— Je taille mon crayon, déclare la psy.

— Pourquoi vous taillez votre crayon ?

— Parce que j'en ai envie. Quand vous me parlez, j'ai envie de me tailler... de tailler mes crayons, je veux dire. Ça m'aide à me concentrer. Si vous pouviez en venir au fait, hein ? On est le 24 décembre et j'ai un réveillon chez mes beaux-parents. Je vous ai prise parce que vous m'avez dit que c'était une urgence.

— Oui, c'est une Urgence, docteure. Avec un U majuscule. Ce soir, c'est LE moment de ma vie.

— Je vous écoute, dit la psy en faisant tourner son large fauteuil en cuir beige.

— Il faut que je vous parle de la malédiction des Noëls.

— Voilà autre chose, grommelle la psychanalyste, en jetant un coup d'œil rapide au cadran vissé au-dessus de la porte.

16 h 12.

***

Comme je vous disais, j'ai toujours connu la famille de Wilfried, puisqu'à Brainville, nous habitions, ma mère et moi, à deux cent cinquante mètres de leur grand manoir. Mon père est mort quand j'avais dix ans. Longue maladie, comme on dit pudiquement. Ma mère et la baronne sont amies depuis l'enfance, ayant passé leur scolarité ensemble. À l'époque, Françoise de Wilfried n'était pas baronne et ne s'appelait pas de Wilfried. Non, son nom de jeune fille était Crochon, ce qui fait qu'elle n'a pas perdu au change en se mariant. Ses deux fils, Nicolas et Maxime, n'ont que quelques années de plus que moi. Dans mes souvenirs d'enfance, Nicolas est plutôt grand, sûr de lui, sage avant l'heure. Maxime, le plus jeune, est un doux dingue, qui saute, escalade, tombe, se relève, éclate de rire. Il est imitateur et aime se lancer dans des impros ou dans les airs, ça dépend, vu qu'il collectionne les fractures ouvertes. À l'époque, notre affection l'un pour l'autre se caractérisait par une tendre complicité et les petits cœurs que je lui dessinais au feutre rouge sur ses plâtres, jambes ou bras, puisqu'il en a régulièrement, tour à tour, aux quatre membres.

Le premier moment marquant de ma vie s'est déroulé alors que j'avais à peine dix-huit ans et avant de vous le raconter, il faut que je vous dise qu'il y a toujours eu en moi une dualité. Deux esprits qui me définissent. J'ai un côté féministe radicale, par mes lectures et ma mère, assistante sociale, qui me racontait ce qu'enduraient et subissaient les femmes dans leur propre foyer, et un côté féminin, princesse attendant son prince à cause de… la société, tout simplement, qui ne vous parle que d'amour à longueur de temps et cherche à vous caser par tous les moyens dans un but reproductif, afin que vos progénitures cotisent pour payer les retraites. Cette dualité est omniprésente, je suis balance de signe astrologique et ce sont mes deux poids, un de chaque côté.

J'appelle mon esprit rebelle et lucide la fée Ministe et l'autre, la féminine, la douce : Princesse Duduche.

Donc, à quelques semaines de mes dix-huit ans, j'ai revu Maxime qui venait de passer deux ans en Angleterre. Là, quelque chose de nouveau, de doux, de merveilleux est arrivé sans prévenir. Il était vêtu d'une chemise blanche, d'un pantalon noir dont le bas disparaissait dans de grandes bottes d'équitation, et quelque chose avait changé. En fait, tout avait changé. D'abord, il n'était pas emplâtré, ce qui était, chez lui, suffisamment rare pour être signalé. À l'époque, ses périodes d'immobilisation lui avaient fait prendre quelques kilos, qui s'étaient envolés, comme ses petits boutons. En revanche, il avait encore pris dix centimètres. Sa voix était devenue grave, ses cheveux noirs avaient poussé, sa dent de devant cassée avait été réparée, son regard bleu semblait plus rieur que jamais. La seule chose que j'espérais, c'est que moi aussi, je sois devenue physiquement à couper le souffle en deux ans, mais j'avais de gros doutes. En attendant, j'avais des cloches devant les yeux et dans les oreilles qui se mettaient à sonner. (Princesse Duduche était tout en émoi, elle avait envie d'aller s'épiler et de se repoudrer le nez en même temps. La fée Ministe avait le regard mauvais et virait les cloches à coups de poing.)

Je m'en souviens comme si c'était hier et c'était en juillet 1989. Ma mère et la baronne prenaient le thé, comme elles le faisaient depuis toujours, quand Maxime est entré dans le salon. (Entendre par « le thé », une bonne bouteille de chablis ou deux qu'elles s'ouvraient pour refaire le monde.)

— Max chéri, tu te souviens de notre petite voisine ! s'est écriée Françoise.

— Oui. Bien sûr, a-t-il répondu, en s'avançant vers moi pour me claquer deux bises. Je suis si content de te voir.

Je n'ai rien dit. Toujours cette dualité : lorsque aucune des deux fées n'a le dessus, je suis muette.

— Lisa vient d'avoir son bac, a ajouté Françoise de Wilfried.

— Avec quinze en philo, a précisé ma mère.

— Formidable ! a dit Max.

Il y a eu un silence, tandis que nos deux mères nous observaient avant d'étouffer un petit gloussement discret. J'étais persuadée qu'elles entendaient mes neurones-cloches tinter.

— Alors, Max, c'était bien Oxford ? ai-je demandé gentiment, histoire de couper ce silence dehors et ce tintamarre à l'intérieur.

— Sympa, à part la bouffe, déclara Max en s'asseyant dans un fauteuil face à nous et en croisant ses grandes jambes.

— Il n'a rien mangé là-bas, a déclaré la baronne, en se penchant vers ma mère. En revanche, il s'est mis à fumer, cette andouille !

« L'andouille s'est muée en prince et j'en tombai amoureuse en un claquement de doigts qu'il n'eut même pas à faire », me soufflait Princesse Duduche, qui parlait au passé simple comme dans les grands romans d'amour.

« Stop ! Si les hormones s'y mettent, le combat est inégal et perdu d'avance », ripostait Fée Ministe.

« Écoute ces cloches qui tintent, reprenait Princesse Duduche, elles ne racontent qu'une seule chose : ce garçon au charisme éclatant est fait pour toi, ma Lisa, et ce ne sera pas une petite histoire, ma douce, c'est l'homme d'une vie, la tienne. Il faut toujours faire confiance aux cloches. Elles ne se trompent jamais. »

« C'est vrai que question cloches, j'ai affaire à des pros ! » répliquait la fée Ministe.

— Dites donc, c'est la fête dans votre cerveau, vous ! Il y a du monde, vous ne devez pas vous ennuyer, commente la psychanalyste.

— C'est vrai. Je ne m'ennuie jamais ! confirme Lisa, avant de reprendre son récit.

Donc, dans le salon de la baronne, comme je restais muette, ma mère a pris le relais, posant quelques questions à Maxime, dont le regard me brûlait. J'ai appris qu'il venait de s'inscrire en droit à Caen. Nicolas, son frère, vivait aussi dans cette ville, où il était en dentaire depuis quatre ans. Depuis l'âge de dix ans, le très sage Nico savait qu'il serait dentiste et point barre. Max, au contraire, ignorait tout de son avenir. Après Oxford, du droit maintenant ! Oui, le droit, parce que ça mène à tout, disait-il. La question était de savoir quel était ce tout. Pas de bol pour moi, je venais de m'inscrire en langues étrangères appliquées au Havre. Bon, il faut toujours qu'il y ait des contrariétés dans la vie.

Une fois rentrée à la maison, je m'en voulais d'avoir été aussi timide et tétanisée devant cette chenille que j'avais connue enfant, puis ado et qui, en quelques mois s'était transformée en papillon héros de série romantico-historique. Et surtout je me posais cette question stupide, celle qu'il ne faut jamais se poser quand on est une fille car on signe son décret de soumission.

Et lui ? Qu'est-ce qu'il a pensé de moi ?

« On s'en tape ! » hurlait Fée Ministe.

Probablement l'inverse de ce que j'avais ressenti ! Une fille assez rigolote enfant, mais devenue assez chiante, éteinte et complètement terne, non ?

Princesse Duduche était d'accord, mais avec un petit bémol. Ne rien dire peut être bien vu pour une jeune fille et rajoute un petit parfum de mystère à la dulcinée.

« C'est ça, ne dis rien et regarde tes pompes, c'est l'attitude parfaite de Miss parfaite, en patriarchie ! Et si tu te transformais directement en serpillière, on gagnerait tous du temps, non ? » ripostait Fée Ministe.

Pourvu qu'il ne me juge pas sur cette entrevue d'à peine une heure ! Non Max, j'étais un peu gênée, à cause de nos deux mères qui étaient là, à nous regarder et à glousser à cause des premiers effets du thé au chablis. Qu'est-ce que tu voulais que je raconte ?

Rappelle-toi, Maxou, quand tu es tombé dans l'étang et que ton pied gauche s'est coincé dans des algues, t'empêchant de remonter à la surface, j'étais là, pleurant comme une demi-veuve, lorsqu'on t'a fait monter dans le camion de pompier… Rappelle-toi, Maxou, quand tu voulais que ta jument se couche au sol, mais juste pour lui faire un bisou, montrer que tu étais un très bon dresseur et qu'au lieu de ça, elle t'a balancé un coup de sabot arrière dans le foie, te cassant deux côtes, j'étais là. Tu avais de longs pansements sur ton torse, on riait tellement et ça te faisait tellement mal ! Rappelle-toi, Maxou, la fois où tu as eu ce skateboard pour ton anniversaire et que tu t'es mis dessus sur la route, fonçant droit sur le pare-brise de la Golf de la fleuriste, qui avait déboulé un peu vite au détour d'une rue et était sortie de sa bagnole en hurlant, pensant qu'elle t'avait tué, j'étais là ! J'étais là, encore et toujours.

Rappelle-toi notre enfance, Max, pas la jeune fille timide qui semble avoir perdu son entrain, ses mots parce que… Parce qu'elle ne s'attendait pas à… TOI. Je ne m'attendais pas à toi, Max. Pas comme ça.

À l'époque, pas de portable, pas de réseaux sociaux. Alors qu'est-ce que j'ai fait ? Ben, à l'ancienne, allez hop, en mode Madame de Sévigné, je n'ai pas trempé une plume dans l'encrier, mais j'ai mâchouillé le Bic quatre couleurs, ils sont encore là, ceux-là, ils sont éternels. Hop, une petite lettre, c'est comme ça que l'on faisait à l'époque avant les textos, Insta, Snapchat et les MP sur Facebook ! Et je lui ai avoué ma flamme, par écrit, sur une belle feuille toute blanche.

Princesse Duduche était tout excitée, une lettre, c'est si romantique ! En revanche, Fée Ministe s'est mise en position de recueillement devant une tombe sur laquelle était écrit : « Ci-gît la dignité de Lisa Barroux, suicidée à la lettre d'amour un soir de juillet 1989. »

« La lettre d'amour marche toujours… », disait Princesse. Fée Ministe s'est mise à faire les cent pas sur mon épaule droite.

« Après tout, t'as le droit d'avoir un désir, tout à fait le droit. Je préfère qu'on parle de désir plutôt que d'amour, d'ailleurs. Amour ne veut rien dire, c'est le meilleur terme jamais inventé pour mettre les femmes en prison domestique. T'as le droit d'évoquer un certain désir, je ne me battrai pas contre les hormones, t'as le droit d'avoir envie de sexe, c'est naturel, tu as l'âge et tu ne l'as jamais fait encore, mais par pitié, vire-moi cette phrase : *Je t'ai trouvé si beau cet après-midi* ! Sinon, je me casse. Je pars dans l'imaginaire d'une autre ! »

J'ai raturé, jeté la feuille et recommencé, mais je n'ai pas pu m'empêcher d'écrire quelques envolées lyriques venant du cœur et mettant Princesse en extase.

Le 10 juillet à 15 heures, j'ai terminé mon courrier.

À 15 h 30, je l'ai déposé dans la boîte aux lettres du manoir dans une enveloppe parfumée, sur laquelle j'avais inscrit : À L'ATTENTION DE MAXIME DE WILFRIED.

À 16 h 30, j'ai entendu le téléphone fixe du salon sonner.

À 16 h 31, ma mère a tapé à la porte de ma chambre en disant : « Chérie, il y a Max au téléphone, pour toi… »

Je suis alors sortie de ma chambre, l'air faussement surprise. Dans le salon, je me suis emparée du combiné.

— J'ai lu, a annoncé la voix grave.

Énorme silence encore, mes deux harpies cérébrales s'engueulaient.

— Tu veux venir ici ? a-t-il repris. Tu veux qu'on en parle ?

— D'accord. J'arrive, ai-je lancé avant de raccrocher.

Je suis retournée dans ma chambre, me maquiller. (« Pas trop ! » braillait Fée Ministe. « Mets le paquet ! » envoyait Princesse.) J'ai balancé mon jean pour une petite robe à bretelles, un sac de plage et je suis sortie très tranquillement en direction de la colline où se dressait le manoir de mon prince.

Maxime m'attendait dans sa chambre. Lorsque je suis entrée, il était de dos, ma lettre à la main, face à sa fenêtre qui lui offrait une vue impressionnante sur tout le village. J'ai refermé la porte, je me suis adossée contre elle et j'ai fermé les yeux. Il est arrivé droit sur moi et m'a embrassée de longues minutes. On n'a pas parlé de la lettre, ni de l'amour dans la lettre, non, on l'a fait tout simplement. Je m'en souviens si bien. Il faisait lourd, on était en sueur, un coup de tonnerre s'est fait entendre au loin, il était sur moi, nos regards ne se quittaient pas.

Par la suite, Princesse Duduche était aux anges, elle fumait une cigarette post-orgasme en observant le plafond...

Fée Ministe était en conférence devant une assemblée où elle expliquait que l'expression « faire l'amour » devrait être interdite puisque cette arnaque patriarcale, une de plus, amalgamait sexe et amour. « Cette expression insupportable qui fait croire aux filles que lorsqu'il y a sexe, il y a amour, n'a qu'une finalité : l'exploitation sexuelle et reproductive des femmes. » Ministe était très applaudie par l'assemblée.

Je me suis retournée pour voir son torse plutôt que l'enveloppe du préservatif sur la table de nuit et je me suis collée contre lui.

— En moins de quinze jours, j'ai obtenu un bac littéraire et perdu ma virginité, ai-je dit.

— Le timing est parfait, a répondu Max, en mettant son bras autour de moi.

— Je suis contente d'avoir attendu, résisté à Rodolphe, le rouquin qui m'a poursuivie pendant toute l'année.

— Eh ben, moi aussi, a dit Max en riant…

— Heureuse que ça se passe ici et non de m'être fait culbuter dans le foin par des bouseux ou, pire encore, à l'arrière d'une bagnole sur le grand parking du Carrefour. Ce qui est arrivé à une fille de ma classe.

Maxime a éclaté de rire.

— Toi, t'es noble et moi je suis snob, tu vois ? ai-je repris.

« OK, est intervenue Fée Ministe. Le fait que pour lui, ça ne semble pas DU TOUT être sa première fois, on en parle ou pas ? Je vous mets mon billet qu'il a dû se taper tout Oxford, pas le pensionnat, la ville entière ! »

« Oh, mais laisse-le tranquille ! » coupait Princesse.

C'est vrai qu'à ce moment-là, j'avais envie de le faire rire, pas de lui raconter mes phobies de domination ou de…

— Chtouc, chtic, chtouc.

— Qu'est-ce que vous faites ? demanda Lisa en se redressant.

— Rien, dit la psy. J'envoie un texto.

— À qui vous envoyez des textos ?

— À mon mari, il me demande s'il doit décongeler les gambas, je lui dis que je préfère qu'il attende un peu. On doit les emmener au réveillon, chez ses parents. Pas envie qu'elles se prennent un coup de chaud. « Pas tout de suite », je lui mets… Mais je vous écoute, donc votre premier gars, beau comme un lever de soleil sur la muraille de Chine…

— Oui, voilà, même si je ne sais pas à quoi ressemble la muraille de Chine, mais oui…

— Donc tout va bien ?

— Non, rien ne va…

— Qu'est-ce qu'il s'est passé ?

— La vie !

— Vaste programme, continuez !

À ce moment-là, je suis amoureuse comme une folle. Comme je vous disais, avant, j'avais peur des relations, peur de l'emprise. J'aimais mes livres, ma liberté, ma solitude, comme souvent les enfants uniques, je ne dépendais de rien ni de personne, je faisais ce que je voulais et j'en redemandais… Mais, avec lui, je ne sais pas, la Terre semblait tourner rond ! Princesse a gagné, je demande à Fée Ministe de la mettre en veilleuse. Pour un temps au moins. Dès que Maxime apparaît quelque part, j'ai l'impression que toutes les planètes sont alignées. On rit beaucoup ensemble. Champêtre et le cœur botanique, je lui fais découvrir des fleurs que l'on ne voit qu'en Normandie, comme la violette ou la pensée de Rouen ou encore le séneçon blanc qui est jaune en réalité. Plus urbain et le cœur festif, il me fait découvrir le Chivas Régal, douze ans d'âge, au bar du casino de Deauville. Et même si nos universités, comme nos univers, ne sont pas au même endroit, on se voit tous les week-ends, les vacances. Je prends le train, je vais le voir à Caen où il a un petit studio à côté de sa fac. On se tient par la main, on se balade, nos conversations semblent être sans fin, on s'adore, on se respecte et on se complète. L'idylle parfaite dure un an.

— Et donc ? Que s'est-il passé au bout d'un an ? demande la psy. Je vous promets, j'éteins mon portable !

— Il a recommencé !

— Quoi donc ?
— Ben, à se péter la gueule…
— Ce n'est pas de sa faute !
— Non, mais ça a coïncidé avec le retour de Nicolas, son frère…
— Ah ? Et alors ? Lui aussi était devenu beau comme un coucher de soleil sur la pyramide de Khéops ?
— Non, lui était Nico, toujours Nico…

Début juillet 1990. J'apprends que mon amour fête la fin de ses partiels chez Fred, son meilleur ami. Le copain venant d'avoir une petite moto, offerte par son père, First Love lui emprunte direct pour partir sur la digue. Rien de mieux qu'un petit tour à moto pour vous mettre en joie, mais avec Max, c'est juste sur la roue arrière et sans casque. C'est vrai, pourquoi mettre deux roues à une moto ? On tient très bien sur une. En évitant de justesse un groupe d'enfants qui arrivaient à vélo devant lui, mon bel amoureux a atterri, après un beau salto avant raté, dans les rochers qui séparaient la digue de la route. Bon, la moto toute neuve n'a rien eu. Elle, par chance, est retombée dans le sable juste en dessous… Oui, l'inverse aurait été préférable. Maxime a été plongé dans un coma artificiel dès son arrivée à l'hôpital de Caen, où tout le monde le connaissait depuis sa tendre enfance. Trauma crânien, le deuxième. Trois côtes cassées encore, dont une avait perforé le poumon droit. Éclatement de la rate et entorse cervicale avec une inquiétude du chirurgien concernant une lésion sur la cervicale C4.

Le soir où nous devions fêter notre première année, Max était en soins intensifs et moi, dans un état dépressif. D'un coup ! Et cela ne s'est pas arrangé par la suite. Les premiers jours, je n'ai pas pu le voir : sa mère, la mienne, les infirmières, tout le monde s'y est opposé. Personne ne devait le voir, j'entendais des mots, des phrases qui s'amplifiaient, se dépliaient comme si on les passait au ralenti. « On ne peut pas aller à ce service de réa, seule la famille très proche l'a vu quelques minutes. Il est sous assistance respiratoire, son visage est violet, avec des cernes verts, marron… Il souffre d'hypertension intracrânienne qui nécessite une surveillance constante… Il a un collier cervical assez impressionnant. Il est inconscient de toute façon, et heureusement. Il doit encore subir des opérations importantes… »

Je posai mille questions. Pour combien de temps il en avait avant de rouvrir les yeux ? Allait-il les rouvrir même ? Cette histoire de cervicale touchée m'angoissait au plus haut point. Allait-il rester paralysé ? Nooon ! Ce qui m'horripilait le plus, c'était le vague des réponses. En réalité, personne ne savait rien, mais cette absence de précision me rendait dingue. Imaginez que vous demandiez à propos de quelqu'un qui vous tient à cœur : « Mais au fait, où est-il ? » et qu'on vous réponde : « Oh ça dépend, mais la plupart du temps entre Dunkerque et Montpellier sauf l'hiver, parfois il lui arrive d'être entre Brest et Metz, mais ça dépend des hivers… ». Bref, vous n'êtes pas plus avancé, ben là, c'était pareil. Sauf que moi, je ne voulais pas savoir « où » mais « combien de temps » !

Entre impuissance et angoisse, je passais tous les jours au manoir où Françoise, sa mère, tentait de me donner des nouvelles PRÉCISES avec quelques difficultés, et plus de larmes encore. Charles, son mari, le père des garçons, de retour d'Alsace où vivait sa famille et où prospéraient ses affaires (le baron étant promoteur immobilier) me serrait dans ses bras quand je posais trop de questions sur les opérations. Signe qui voulait dire que sa femme, elle aussi, avait besoin d'un peu de repos.

Nicolas était de retour. Le grand frère arborait un visage grave. Lui aussi était devenu un homme entretemps et, mieux que ça, il allait bientôt être dentiste. Lors de ses crises, Françoise, pour qui une carrière de tragédienne aurait pu être envisageable, si elle n'avait pas succombé à la paresse et aux charmes financiers du baron, s'exclamait :

— Un jour il se tuera !

— Je suis étonné que ce ne soit pas déjà fait, marmonnait Nicolas, dont l'optimiste légendaire était reconnu jusqu'en Eure-et-Loir.

Max a rouvert les yeux, une fois son assistance respiratoire ôtée. Cela ne s'est pas fait d'un coup, ça a été un long et fastidieux travail, un petit peu chaque jour, mais trois semaines plus tard, Nicolas m'a informée que Max avait parlé le matin même ! Il avait même rigolé, paraît-il, et le neurochirurgien, qui examinait tour à tour son dernier IRM et le blanc de ses yeux, semblait enthousiaste. J'ai sauté de joie en apprenant la nouvelle ! Mon fiancé n'allait pas rester sous l'état neurologique d'une courgette *ad vitam* ! Même si on sait aujourd'hui que les plantes et les végétaux ressentent beaucoup de choses, je peux vous dire qu'à l'époque, ça a été une sacrée nouvelle !

J'ai encore attendu une semaine avant de pouvoir y aller.

Nicolas est passé me chercher à la maison avec la voiture de leur père. Trente-six minutes pour parvenir à Caen, les nouvelles plutôt bonnes concernant l'état de Max nous enlevaient un poids et la conversation entre moi et Nicolas a pris une tournure plus légère. Je lui ai parlé du Havre, de ma licence en anglais, de mon envie d'être interprète, enfin traductrice, en réalité.

— Traductrice pour qui ? a demandé Nico.

— Pour qui voudra. Enfin, l'idéal serait traductrice de romans américains ou anglais, même australiens, n'importe…

— Quel genre de romans ?

— Des polars, des thrillers, j'adore ça.

— Tu voudrais être traductrice de polars ou thrillers américains ! s'est amusé Nico, en me lançant des regards sans oublier la route devant nous.

— Punaise, c'est mon rêve !

— Ça paie bien ?

— J'en ai aucune idée !

On a éclaté de rire.

— Et toi, tu vas soigner des caries toute ta vie ? ai-je demandé.

Il a souri.

— Ça m'a l'air bien parti ! Je finis ma sixième année et si tout se passe bien, j'ai l'intention de m'installer à Paris. J'ai un copain à la fac avec qui j'aimerais m'associer. On voudrait reprendre le cabinet d'un dentiste qui va partir à la retraite l'année prochaine. Il est à Boulogne-Billancourt.

— C'est super !

— J'espère !

Nous avons laissé passer un silence en espérant que la vie allait nous aider à devenir ce que nous étions.

— C'est drôle, a repris Nico, la dernière fois que je vous ai vus ensemble, toi et Max, vous rameniez des grenouilles trouvées dans l'étang à la maison…

— Et des escargots… ai-je coupé. Pour en faire des animaux de compagnie… Oui, c'est vrai !

— Et subitement, j'apprends que vous êtes ensemble, que vous ne vous quittez plus…

— C'est officiel. J'avais laissé un ado un peu immature, et j'ai retrouvé un homme. Enfin, vu l'accident qu'il vient d'avoir, question maturité, on n'est pas encore au taquet mais…

— C'est sûr, a concédé Nico, en secouant la tête doucement, démontrant qu'il n'approuvait pas du tout les cascades de son frère.

— Enfin, quand je l'ai revu, j'ai eu un déclic, quelque chose comme un coup de foudre ! C'est simple, je l'ai trouvé à tomber…

« Et hop, revoilà le coup de foudre, a dit Fée Ministe, en arrivant en trombe. Encore une expression à bannir, un truc qui n'existe pas ! Tu projettes sur l'autre l'image d'une personne idéale, fantasmée, fabriquée qui n'existe pas. C'est une surface de projection… »

« Tu ne veux pas la fermer ? » s'est incrustée Princesse.

« Des mois que je suis censurée, parce que madame vit son histoire, alors *fuck* ! a hurlé Fée Ministe. Un coup de foudre dure entre trente secondes et deux ans ! »

« Bon ben, il reste encore un an », a dit Princesse.

— D'accord, a acquiescé Nico, en me lançant un regard entre ceux qu'il jetait aux rétroviseurs pour sortir de l'autoroute. C'est vrai qu'il a une belle gueule, mais je préfère te mettre en garde, il a pas mal dérouillé avec son accident. Il est tombé la tête la première dans les rochers et…

— Je sais, ta mère m'a dit… Mais il va se remettre. Il a des hématomes, ce sont des bleus, ils vont partir. Il va retrouver son visage.

— J'espère…

Nous avons laissé passer un silence en espérant que la vie allait aider Max à redevenir celui qu'il était…

Nicolas s'est garé sur le parking devant les grandes bâtisses du centre hospitalier. À l'accueil, je me suis tordu la cheville et Nico, venant à mon secours, m'a pris la main pour m'aider à tenir debout. L'émotion sans doute. Dans l'ascenseur, il m'a lâché la main et nous sommes restés silencieux jusqu'au quatrième étage.

Nous sommes rentrés tous les deux dans la chambre et j'ai enfin pu voir Maxime dans son lit, adossé à un large oreiller, ses yeux encore gonflés, les hématomes verdâtres sur le visage, un pansement sur l'arête du nez et deux au niveau des tempes, une minerve impressionnante et ses yeux… Son regard qui partait dans tous les recoins de la pièce…

— Hey ! a lancé Nico, en entrant.

Le grand frère protecteur s'est assis sur le rebord du lit et lui a parlé doucement en lui caressant la joue ; puis il m'a cédé la place. Je me suis assise devant lui, observant le visage tant aimé et me retenant de pleurer. Nicolas a versé un peu d'eau d'une carafe dans un verre qu'il m'a tendu. J'ai porté le verre à la bouche de Maxime, qui a bu une gorgée.

— Ça va, Amour ? ai-je demandé, tout doucement.

Ses yeux qui filaient dans tous les sens ont fini par s'attarder sur mon visage. Il a souri et a dit :

— Qui êtes-vous ?

— Ça, c'est rude ! balance la psy.

— Je ne vous le fais pas dire ! J'étais en état de choc, encore ! Princesse s'est évanouie, Fée Ministe a rigolé en disant : « Pourquoi je ne suis pas étonnée ! » Et surtout, je me souviens de cet entretien avec le neurochirurgien dans son bureau. « Ah, le cerveau humain ! Ce grand mystère ! Nous sommes comme les employés de la Nasa face à l'univers, on ne sait jamais ce qu'on va trouver, comment va-t-il réagir ? Colmater ses brèches ? Combler ses trous noirs ? Cela dit, une amnésie rétrograde n'a rien de surprenant en pareil cas, vu que le lobe temporal interne a été touché... Ça va revenir, ça peut revenir... » Je lui ai signalé que je connaissais Max depuis l'enfance, pas depuis les derniers mois qui venaient de s'écouler. « Ah, le cerveau, ce grand mystère ! » a-t-il repris. Je me souviens avoir eu envie de prendre sa grosse lampe en cuivre sur son bureau pour lui fracasser le crâne avec, histoire de voir comment son cerveau-mystère allait réagir, à lui !

— Ah d'accord, dit la psychanalyste, en s'emparant de sa lampe Ikea sur son bureau pour la mettre au sol.

— C'est bon, j'ai calmé mes nerfs depuis. C'était il y a vingt-six ans !

— Je plaisante. Et Max alors ? La mémoire lui est revenue ?

Dans les premiers mois, c'est la motricité globale de Maxime qui intéressait sa famille. Ses souvenirs passaient après. Le principal étant qu'il remarche normalement, sans séquelles, qu'il puisse danser, courir et se rejeter dans les airs, contre les murs, les rochers, les pare-brise de voiture, bref, ce qu'il a toujours fait avec un talent égal à sa régularité. Moi, je continuais à aller au manoir, ne perdant pas le lien avec sa famille puisqu'en tout état de cause, il était rompu avec l'intéressé. Je ne suis retournée le voir que deux fois durant le mois d'août, et à chaque fois, ce petit sourire poli en me découvrant me crevait l'âme. Max, je t'en supplie, rappelle-toi ! C'était comme lorsqu'on vous présente quelqu'un. C'était le « *Nice to meet you* » des Américains. Une formule de politesse plutôt sympa quand vous serrez la main d'un Américain pour la première fois, mais en réalité il s'en tamponne pas mal, non ? Pour tout vous dire, c'est ce que j'avais l'impression de saisir dans le regard de Maxime : un « *Nice to meet you* » ! Pourtant Nicolas lui avait bien précisé que j'étais sa fiancée « d'avant l'accident ». Maxime ne semblait ni content, ni mécontent : il me balayait du regard, de mes cheveux jusqu'à mes sandalettes. « Ça va, je te plais ? » avais-je envie de hurler.

« Tiens donc, il n'a pas un coup de foudre, lui ? » ironisait Fée Ministe.

Mais nous deux, Max, mon amour, c'était un lien fort et unique, une amitié d'enfance, des conversations à n'en plus finir, des débats où l'on argumentait jusqu'à pas d'heure, des balades dans la campagne, des concerts de Dire Straits, des films blottis l'un contre l'autre, de l'adrénaline aux casinos, mes premières huîtres à Honfleur où tu me bouchais le nez pour que je les avale, des fous rires à n'en plus finir… Tu m'aidais en anglais, tu me racontais le droit constitutionnel, tu étais mon meilleur ami avant même d'être mon homme…

C'était… Ce n'est… Plus rien.

Un jour de septembre, quand je suis arrivée au manoir, la baronne se disputait au téléphone avec quelqu'un de la mutuelle étudiante qui ne voulait pas prendre en charge tous les frais de rééducation. Max allait être transféré dans une clinique huppée près de Cabourg, et sa mutuelle avait avalé de travers en découvrant les tarifs *hype level* de l'endroit. La baronne leur a effectué son célèbre raccroche-pif, celui qu'elle faisait quand elle était furieuse, non sans les avoir traités de radins auparavant, ce qui, dans cette famille de flambeurs, champions de poker, accros à la roulette et aux décapotables, était l'Insulte Suprême.

Mais le plus important, c'était que Max remarche. Il s'est remis debout le 15 septembre, et comme pour son réveil, cela s'est fait peu à peu. De petits pas au début, puis de plus en plus longtemps. À la clinique de rééduc, Maxime bénéficiait de massages, de coachs, de kinés, d'ostéopathes et même d'une psychologue puisqu'il avait 1,4 gramme d'alcool dans le sang lors de son accident. Avait-il un petit problème d'alcool, le chéri ? Oh, rien de grave, il était fêtard comme un étudiant, doublé d'un Normand, triplé d'un mondain... En plus, son écrivain préféré était Hemingway ou Bukowski, ça dépendait des mois... Et de ça, il s'en rappelait ! Incroyable.

« Arrête avec tes incroyables, me soufflait Fée Ministe, en ramenant sa fraise. En patriarchie, le dominant a tous les droits. Celui-là, en plus, prend des risques physiques, parce qu'il se sent béni des dieux ! Pourquoi ? La question c'est : pourquoi ne le serait-il pas ? Tout lui prouve qu'il est béni. Il est le premier très étonné de se retrouver à l'hosto. Toi aussi, tu as eu une fête pour tes partiels, il me semble ? Est-ce qu'il te serait venu à l'esprit de prendre une moto pour aller sur la digue et ce, sur une roue et ce, sans casque et ce, après avoir vidé la moitié du saladier de sangria à la fête d'un copain ? Jamais ! Ben lui, si ! Et pour lui, c'est total banal ! »

Fin septembre, j'étais recroquevillée dans les coussins moelleux du canapé, au manoir des Wilfried quand Nicolas est entré. Il souriait et a sorti un petit paquet de derrière son dos.

— Tiens, je t'ai pris ça ! a-t-il annoncé en me le tendant.

— C'est quoi ?

— C'est rien. J'étais à une brocante d'antiquaires à Trouville, cet après-midi et...

J'ai déplié le petit paquet et suis restée stupéfaite devant un joli bracelet d'argent qui enserrait de petites pierres turquoise. J'adorais le turquoise, c'était connu, je bassinais tout le monde avec ça.

— C'est la semaine prochaine, non ? a demandé Nicolas.

— Quoi ?

— Ton anniversaire !

— Ah oui, le 4 octobre.

— On sera repartis dans nos facs respectives, alors, je voulais te le donner avant…

— Mais… merci Nico. C'est… Je ne sais pas quoi dire…

— Ben, non. Ne dis rien. C'est… pour que tu aies quelque chose. Comme Max ne se rappelle rien… Je me suis dit…

— Oui, d'accord, mais il ne fallait pas. Je… Merci.

Il m'a embrassée sur la joue. J'étais abasourdie par cette attention. Le turquoise, c'était les yeux de Max. Nicolas, lui, les avait plutôt noisette. Les cheveux noirs comme son frère mais plus courts, un sourire assez parfait aussi mais pour un futur dentiste, c'est plutôt recommandé. Ça allait être la vitrine de la boutique. Chez eux, il n'existe pas de proverbe tel que : « Les cordonniers sont les plus mal chaussés. » Non. Un dentiste avec des chicots et toute la salle d'attente fout le camp. Je lui rendais sa bise, sincèrement émue, tandis qu'il me fermait le petit bracelet autour du poignet.

— OK, il se passe un petit truc avec le grand frère ? demande la psy.

— Il est certain que tous ces allers et retours pour aller voir Max, qui ne me calculait plus vraiment, avaient créé des liens entre nous, dit Lisa.

Il est devenu l'épaule protectrice, consolatrice. Un phare dans ce brouillard et Dieu sait si je n'en voyais pas le bout.

Nicolas et moi sommes retournés à la fac, on s'appelait toutes les semaines. Elles me paraissaient si longues par rapport à ma première année que je n'avais pas vu passer ! Nico me donnait des nouvelles de Max, qui se reconnectait à la vie. Il n'y avait rien de physique entre Nicolas et moi, mais il m'a invitée à passer le réveillon de Noël au manoir. Max y était rentré depuis début décembre. Il n'avait plus sa minerve, ni son fauteuil roulant dans lequel il avait vécu pas mal de temps, ces cinq derniers mois. Après une dernière opération de la mâchoire, six semaines plus tôt, il avait quasiment récupéré son visage d'antan, et j'en étais heureuse pour lui, mais ça a été un étrange réveillon. Il arborait toujours ce sourire froid et poli en me voyant. Il a mangé quelques huîtres, ce qui me rappelait nos dîners aux Vapeurs à Honfleur, j'avais envie de pleurer. Il répondait par oui ou par non aux questions qu'on lui posait. Il ne développait pas et ses yeux partaient ailleurs. Je lui ai offert un pull, il m'a dit merci et l'a laissé sur un fauteuil. Par la suite, son père, aidé de Nico, sont allés le coucher à 21 h 15. Sympa, non ?

— Après un accident de cette importance, c'est souvent comme ça, commente la psy. Tout est très lent, très progressif…

— Je ne sais pas. Il avait déjà eu des accidents par le passé et les retours à la vie avaient été plus rapides. Il n'avait jamais eu d'amnésie pour commencer, même lors de son premier trauma crânien. Tiens, ce soir-là, j'ai appris qu'il ne se souvenait pas non plus de ma mère. Allez hop, zappée elle aussi ! Viens donc aux oubliettes avec moi, Maman ! On y est si bien dans le trou noir, avec un peu de pain sec et de flotte !

Ce soir-là, près de la cheminée, tandis que je regardais mon pull abandonné sur le fauteuil, sous son papier cadeau, là où Max l'avait laissé, Nicolas s'est approché de moi. Il m'a tendu un cadeau. C'était un livre de Jane Austen, à la couverture rouge, dans une très belle édition reliée : *Orgueil et Préjugés.* J'avais honte, je n'avais rien acheté pour lui. Ma mémoire, la mienne, mémoire de mes sentiments, si seule à présent, était toujours auprès de Max, et quand je voyais ce qu'il avait fait de ce superbe pull bleu marine que j'avais mis une heure à choisir, je me disais que j'aurais mieux fait de l'offrir à Nicolas.

J'ai passé mes soirées des vacances de Noël à lire ce grand roman de Jane Austen. Dans ce livre, Elizabeth, l'héroïne, n'a pas d'attirance pour le beau Mr Darcy, qu'elle trouve arrogant et hautain, au départ... Puis il s'avère qu'il est beaucoup plus chaleureux qu'il ne veut bien le montrer et elle finit par tomber amoureuse de lui. Ce n'était pas pour rien si Nicolas m'avait offert ce roman. J'étais certaine qu'il voulait que je l'identifie à Darcy. Nicolas n'était pas mon premier choix, il le savait bien. Max était plus drôle que lui. Bien sûr que Nicolas, par le passé, m'était apparu comme quelqu'un de plus distant, hautain. Je n'avais pas les mêmes souvenirs avec lui qu'avec Max. Maxou mon tout fou était un doux dingue et, à côté de lui, Nicolas ressemblait à une incarnation de la sagesse. Maxou s'était tout pété, les dents, les os, les ligaments. Nico ne s'était jamais cassé un ongle. Nico allait terminer ses études de dentiste, Maxou allait perdre une année. L'avenir de Nico était tracé, celui de mon cascadeur-trou-de-la-Sécu était très incertain. Nicolas était un homme modéré, Maxime un extrémiste, qui buvait toujours plus que les autres, jouait plus longtemps au poker, parlait plus fort que l'assemblée. Max était un roi de la *punchline* et de la vanne quand Nico entamait d'une voix basse et posée de véritables dissertes avec intro, thèse, antithèse, synthèse et conclusion.

Maxime m'avait oubliée froidement, sans le vouloir.

Nicolas se rapprochait doucement, avec espoir.

Deux frères, deux opposés. Que faire ? Qui choisir ? Attendre que la mémoire de Max lui revienne ou aller de l'avant, faire le deuil de ma belle histoire ?

Envisager Nico, mon soutien moral, sous un autre angle, maintenant ?

Nicolas, pourquoi pas ? Voilà ce qui s'amorçait un peu plus chaque jour.

« Nicolas a été si prévenant, ces derniers temps, si délicat, attentionné. Il semble tenir beaucoup à toi, disait Princesse Duduche, les mains jointes en battant des cils. »

« Hou... Je sens qu'on va se faire chier ! » s'écriait Fée Ministe, les bras croisés.

Il était évident que Nicolas s'était attaché à moi, ces six derniers mois, et j'en ai eu une nouvelle preuve le 14 février suivant, quand il est venu me chercher à la fac pour m'emmener dans une auberge qu'il avait réservée aux alentours de Dieppe. Ce soir-là, il a sorti le grand jeu. Je pense qu'il connaissait la patronne depuis longtemps : quand nous sommes entrés, deux musiciens jouant du violon nous ont accompagnés jusqu'à notre table, parsemée de pétales de roses, près de la cheminée. Alors, certes, je n'avais pas eu les cloches qui tintaient, avec Nicolas, les choses s'installaient peu à peu, mais elles prenaient bonne tournure. Et puis, je précise que l'année précédente, pour ma Saint-Val avec Max, nous avions été au casino de Deauville. Petit dîner vite fait et il m'avait laissée avec deux cents balles devant une table de roulette pour aller jouer au poker. Donc bon…

Ce soir-là, nous avons parlé de Max, comme à chaque fois. Il était encore dans sa clinique super chic à Cabourg et il tenait le bon bout, physiquement en tout cas, mais cérébralement et en ce qui me concernait, j'étais toujours dans la case « pertes et profits » avec pas de retour prévu à l'horizon. Et puis nous avons parlé d'autre chose, un peu comme si notre accidenté chéri faisait déjà partie du passé. Nous avons parlé d'avenir, du nôtre, de celui que l'on pourrait construire tous les deux. C'était enthousiasmant, excitant, plein de promesses de bonheur. Nicolas avait ma confiance et c'était déjà énorme. Nous avons dansé devant les deux violonistes et c'est là qu'il m'a embrassée pour la première fois.

— Il fait les choses bien, ce garçon, dit la psy.

— Oui, il a pris son temps, admet Lisa en sortant de sa rêverie. Il avait réservé une chambre dans l'auberge et ça a été ma première fois avec lui.

— Vous avez pu effectuer le remplacement comme ça, au bout de huit mois ?

— Avec de l'amertume au début. Les premiers temps, quand j'allais chercher Nicolas à Caen, dans ce petit train, c'était dur, parce que j'avais pas mal fait ce trajet pour Max et je repensais à son studio que j'avais adoré et qui avait abrité nos amours. L'habitation de l'amoureux va avec lui. Il faut la laisser s'échapper elle aussi, faire tout un travail. C'était le « studio du plus beau », il faut qu'il passe à « la studette de l'amourette », puis au « clapier de l'autre enfoiré qui m'a zappée ». C'est du boulot !

Je serrais les dents au début. Je me disais : « Je t'oublierai, Max, comme tu m'as oubliée ! Et je n'aurai pas besoin de me taper le lobe frontal contre un rocher, je le promets ! » J'ai donc commencé doucement à sortir avec Nicolas et les choses se passaient bien. Lui était en colocation dans un vrai appartement avec deux autres étudiants de sa fac. À la fin de l'année scolaire, Nico a obtenu son diplôme et je suis passée en troisième année. Pour fêter ça, il allait m'emmener à Florence, mon premier voyage hors de France. Je suis retournée au manoir chercher Nico, le jour du départ, avec ma valise. Maxime était présent, il vivait là depuis trois mois, le séjour à la clinique de rééducation aux progrès spectaculaires étant terminé. Il était dehors, au côté de sa mère, à genoux dans la terre, et faisait du jardinage. L'accident avait eu lieu pile un an auparavant. La baronne s'est levée quand elle m'a vue. Et lui… NON.

— Ma Lisette, alors c'est le grand départ ? a-t-elle dit en secouant ses bottes pleines de terre.

Même si elle avait trouvé « gonflé » que je passe d'un frangin à l'autre, Françoise avait fini par accepter notre relation avec Nicolas.

— Oui, notre avion décolle à 17 h 30. Comment va-t-il ? ai-je demandé, en désignant d'un coup de tête Maxime qui plantait quelque chose dans la terre.

— Bien, bien. La mémoire lui revient.

J'ai tressailli.

— Enfin, presque, a repris la baronne. Il se souvient quasiment de tout, sauf de l'accident et de toi, ma pauvre Lisette.

— Ah, OK !

J'ai fermé les yeux. *Il a zappé les trucs pénibles, sans intérêt,* ai-je pensé. À l'époque, l'estime de moi-même était à quinze mètres sous la première nappe de pétrole dans le désert. Comme si elle avait lu dans mes pensées, Françoise m'a pris le bras jusqu'à l'entrée du manoir.

— On fait un potager, m'a-t-elle expliqué, une fois dans la maison. Max a interdiction de faire du cheval, de la moto, du scooter, de la mob, du roller, du skate…

— Même pas de la patinette ! a hurlé son père de la cuisine.

— On dit trottinette, Charles ! Bref, même s'il doit reconduire, je voudrais qu'il repasse son permis, tu vois ? Nico, t'es prêt ? Que je te dise au revoir ! l'appela-t-elle. Là, je vais y retourner parce que je l'ai laissé avec une serpette pas loin, le drame peut vite arriver avec lui, je ne suis pas tranquille…

— Je comprends, ai-je répondu.

— Nico, t'as retrouvé ton passeport ? s'est écriée la baronne.

— Je l'ai ! a-t-il dit en entrant dans la pièce, un gros sac de voyage dans la main. Bisous, Maman !

Son père nous a embrassés tous les deux en nous recommandant de « bien faire attention à nous ». Quand nous sommes sortis pour nous diriger vers la voiture, Nicolas s'est arrêté et a fait un signe de la main à Max.

— Salut, Max !

Il ne s'est pas levé. Toujours à genoux dans la terre, il nous a adressé un signe de la main en criant : « Salut, bonnes vacances ! » Rien d'autre. J'ai encore eu cette impression qu'on m'arrachait le cœur pour le balancer dans les graviers et sauter dessus à pieds joints. Pendant que Nico mettait ma valise et son sac dans le coffre, j'ai vu sa mère le rejoindre et lui faire un bisou sur la tempe, heureuse de le retrouver avec tous ses doigts, malgré la serpette non loin…

Elle aussi nous a fait au revoir de la main et je suis montée dans la voiture. Voilà où j'en étais un an plus tard. Il n'y avait plus rien !

— C'est rude, dit la psy.

— Atroce. C'est comme si l'être aimé était mort, mais toujours là. Un véritable cauchemar. J'ai décidé de le sortir de ma tête et, deux ans plus tard, j'ai épousé Nicolas ! Comme je rêvais de m'installer à Paris, à deux, c'était quand même plus simple…

— Attendez, vous avez épousé le frère ? coupe la psy.

— Oui. Nicolas m'a fait une très belle demande, un an plus tard. J'ai sauté le pas.

— Et Maxime était là, au mariage ?

— Oui, magnifique, au début. Moins à la fin quand il est tombé dans les fils barbelés au bout du champ et qu'il est revenu le costume lacéré, mais l'ambiance était très bonne. Comme il est aussi tombé tout habillé dans la piscine et qu'il ne voulait pas remettre ses vêtements d'épouvantail, il a fini en slip avec un certain succès, il faut bien le dire... Intérieurement, j'étais toujours folle de Max, mais j'ai dit oui à la sagesse, la sécurité, la sûreté... Avec Nico, nous nous sommes installés dans un trois-pièces à Paris, près de Boulogne. Nicolas est devenu dentiste, dans le cabinet qu'il visait, avec l'associé qu'il voulait. Pour lui, tous ses plans ont fonctionné. Pour moi... Heu... Mon premier boulot de traductrice a été le mode d'emploi d'un sèche-cheveux. Je n'étais pas la grande traductrice de Patricia Cornwell ou de Mary Higgins Clark, j'ai pris ce qu'il y avait, ne connaissant pas grand monde à Paris. Par la suite, j'ai traduit le mode d'emploi d'une perceuse pour une entreprise allemande... Ils étaient contents de moi et m'ont filé le mode d'emploi de leur star : l'agrafeuse murale. Ma carrière décollait. Bon, en fait, j'ai bien galéré ; heureusement je suis tombée enceinte. En 1995, nous avons eu notre fille, Clotilde. Maxime (je le savais par ma mère qui prenait toujours le thé avec la baronne) avait lâché le droit pour faire de la gestion. À la fin de son DESS, il a fêté ses partiels en boîte de nuit. En sortant, Max a vu un taxi passer et lui a couru après, il n'a pas vu le poteau devant lui et...

— Oh non ! s'exclame la psy.

— Ben si. Mais malheureusement, la mémoire de moi, de nous, ne lui est pas revenue. J'étais prête à divorcer sur-le-champ si elle lui revenait, mais non. Il faut dire qu'il a seulement fait quatre jours d'hosto...

Avec Nico et notre petite fille, nous revenions souvent au manoir des Wilfried. J'apercevais Max de temps en temps. Au réveillon de Noël 1996, il a pris mon bébé dans ses bras, tout le monde était autour, ne le laissant même pas faire quelques pas avec. Il était aimable avec moi, sans plus. Son accident de moto n'était plus qu'un lointain souvenir, il avait tout récupéré. Tout, sauf moi. Avec le temps, le lien que nous avions tissé, Nicolas et moi, s'est distendu. Je m'y attendais. On faisait semblant de rien au départ. Je ne voulais pas d'autres enfants. Les premières semaines avec mon bébé avaient été trop éprouvantes, j'avais installé un petit sofa dans sa chambre avec les biberons prêts pour la nuit, afin qu'elle ne réveillât pas son père dont les premiers patients arrivaient à neuf heures. Fée Ministe fulminait. Nous avons divorcé en 2000, il me trompait depuis 1998. (Avec l'assistante dentaire de son cabinet. Nico est un gars avec peu d'imagination.) J'ai déménagé en 2001, Nicolas nous a trouvé un deux-pièces à côté de son cabinet. Sa pension payait notre loyer et je payais le reste avec mon travail de traductrice, n'hésitant pas à faire aussi des lectures de manuscrits pour des maisons d'édition. En 2001, la baronne, qui voulait voir sa petite-fille, m'a invitée pour le réveillon de Noël. Je me suis dit que c'était le moment ou jamais. Il fallait que je dise à Max tout ce que j'avais sur le cœur. Lui raconter que l'on s'était aimés à la folie et que je ne l'avais jamais oublié. Que j'avais tout enfoui, tout fait pour que ce sentiment s'éteigne au fil des années, aimé son frère, aimé ma vie avec lui (certes, un peu au début, mais qu'est-ce que vous pouvez raconter à un gars dont la passion sont les progrès de la science en orthodoxie, parodontie, les nouvelles facettes que tout Hollywood a maintenant, etc. ?), mais que j'avais toujours le ventre serré quand je pensais à lui.

Max n'est jamais sorti de ma mémoire. Jusqu'à présent, je n'avais jamais vraiment réussi à être en tête à tête avec lui, mais là, il fallait que j'y arrive, j'étais prête. Nouvellement divorcée et toute en beauté, j'ai débarqué au réveillon avec ma petite Clotilde qui, elle, ne pensait qu'aux cadeaux quand je ne pensais qu'à son oncle.

— Et alors ? Il n'est pas venu, c'est ça ? demande la psy. Il a eu un accident de bagnole, je parie !

— Non. Il est venu. J'étais près de la porte, prête à lui sauter dessus quand Maxime est apparu, plus sublime que jamais, accompagné d'une fille... magnifique alors que j'avais toujours six kilos de trop, impossibles à perdre depuis ma grossesse. Il nous a présenté Charlotte. Une horreur, ce réveillon. J'étais assez irascible. Lui était euphorique et a attendu la bûche pour nous dire que Charlotte était enceinte, j'en ai recraché ma gorgée de champ' par le nez et Nico, qui était à côté de moi, parce que devant notre petit bijou de fille, nous jouions toujours aux parents modèles, même divorcés, a lâché : « T'es vraiment crado ! » en essuyant la nappe avec sa serviette, contrevenant à notre pacte de non-agression en public. Max ne m'a pas calculée ce soir-là. Je pense qu'il ne se rappelle même pas de ma présence atrabilaire et frustrée.

Max a eu un fils en 2002, Clovis. En 2005, il a monté un site de ventes aux enchères sur Internet avec un copain et il a gagné beaucoup d'argent, pendant que je comptais chaque sou. Et plus il vieillissait, plus il devenait beau, contrairement à son frangin qui avait commencé à perdre ses cheveux quatre ans après notre mariage. En 2006, Max a eu un autre garçon, Alexandre. Toujours avec la belle Charlotte qui, elle, arrivait à perdre tous ses kilos de grossesse. Max a fait comme sa mère, il a eu deux garçons. J'ai fait comme la mienne, je n'ai eu qu'une fille. Vivant seule avec Clotilde, j'ai eu quelques aventures, la plupart du temps sans qu'elle ne le sache. Je n'étais pas malheureuse, j'aimais vivre sans homme. Clotilde connaît ses petits-cousins. Elle a passé quelques étés au manoir de sa grand-mère. Je me suis tapé quelques séjours, sans Max mais avec sa femme, la si belle Charlotte. Je rêvais que je l'étranglais quand elle me parlait, c'était plus fort que moi. En 2011, ils ont fini par divorcer, enfin. Encore dix ans de perdus pour moi ! Au réveillon 2012, j'allais enfin le revoir, libre, séparé ! On allait pouvoir se parler franchement ! Je me suis fait super belle et…

— Eh bien, vous avez de la suite dans les idées ! coupe la psy.

— Plus le temps passe, plus il est beau, cool… et riche en plus, parce qu'il n'y a pas de justice.

— Et donc, vous vous êtes parlé ?

— Non.

— Qu'est-ce qu'il y a eu encore ? Un accident de voiture !

— Non, arrêtez avec ça… j'ai appris au dernier moment qu'il ne venait pas. Monsieur passait Noël à l'île Maurice. En revanche, Charlotte et les enfants étaient bien là. Une horreur, ce réveillon. Pour couronner le tout, Nicolas est arrivé avec sa nouvelle copine d'une vingtaine d'années. À la fin du dîner, j'ai dit à ma fille de dix-sept ans : « Tu ne veux pas aller jouer avec la nouvelle fiancée de Papa ? Vous avez presque le même âge ! », transgressant le pacte de non-agression en famille. La copine a eu le rouge qui lui est monté aux joues d'un coup, Nico m'a envoyé un regard à vous geler l'enfer et Charlotte a rigolé. On s'est un peu rapprochées toutes les deux depuis que Max l'a quittée. On a discuté pension alimentaire, la sienne était énorme alors qu'elle n'était même pas mariée.

En 2013, je ne l'ai pas revu non plus. Selon ma mère, qui prenait toujours son petit thé avec la baronne, Max avait beaucoup d'aventures et passait d'un jupon à l'autre, pour reprendre les termes de sa mère. *Tu m'étonnes !*, pensai-je. Au réveillon 2014, c'est moi qui ne suis pas venue. J'étais au ski avec ma fille et on s'est bien amusées. En 2015, l'année dernière, j'étais enfin parvenue à me le sortir de la tête, vingt-cinq ans après notre passion de jeunesse, brisée en plein vol, quand subitement, il y a trois semaines, je reçois une carte postale chez moi, pas un mail, pas un texto, non une carte postale de Los Angeles avec, juste écrit, au dos :

« Tu me manques.

Max de W. »

— Tiens donc ! s'écrie la psy.

— Oui, et je sais qu'il sera là, ce soir au manoir. Et moi aussi. Je suis venue vous voir parce que vous connaissez la psychologie masculine. Pourquoi est-ce qu'il m'a envoyé ça ?

— Comment voulez-vous que je sache ?! Je ne sais pas… Peut-être que la mémoire sur votre histoire lui est revenue. Vous êtes sûre qu'il ne s'est pas pris un poteau là-bas ou qu'il n'est pas retombé sur des rochers ?

— Non.

— Il a peut-être juste eu une frayeur ou quelque chose dans le genre. Je dirais que les souvenirs de ses vingt ans sont réapparus à la surface.

— Et moi, qu'est-ce que je fais ?

— Comment ça ?

— Je tente une re-séduction ? Ou je reste glaciale en lui disant que sa saloperie d'amnésie a foutu ma vie en l'air ?

— Ben… Vous voulez quoi au juste ?

— Je ne sais pas, je ne sais plus ! Admettons que je tente une re-séduction, je fais quoi ? Je fais comment ?

— Ben… Restez vous-même ! Bon, dit la psy, en fixant le cadran de sa montre, vous me devez cent soixante-quinze euros. J'aurais pu vous faire tarif double pour ce jour férié, mais bon, c'est Noël, mon âme charitable, je suppose…

***

Lisa arriva au manoir des Wilfried vers 20 h 30. Toute la famille était réunie dans le salon et Max semblait faire le show, une coupe de champagne à la main. Nicolas était présent lui aussi, seul dans son smoking. *Tiens, il ne nous a pas ramené un petit coup du dimanche*, pensa Lisa, *ça doit être sa tonsure, elle s'est encore agrandie à l'arrière.* Elle salua la baronne en premier et le baron après. Ici, c'était comme à la cour d'Angleterre, d'ailleurs Nico et Max n'étaient-ils pas les princes William et Harry du Calvados ? Lisa fit la bise à son ex-mari, puis à son ex-beau-frère à qui elle glissa à l'oreille : « Je crois qu'il faut qu'on parle ! »

Elle s'empara d'une coupe de champagne qu'elle vida d'une traite alors que sa mère arrivait en compagnie de Clotilde, sa petite-fille. Les enfants de Max étant avec leur mère dans la famille de celle-ci, Clotilde ne cacha pas sa déception à l'idée de ne passer ce réveillon « qu'avec des vieux ». Lisa adressa un signe à Maxime, pour lui dire : je vais dans la cuisine, retrouve-moi. Il la rejoignit quelques minutes plus tard. Pantalon noir, chemise blanche ouverte, manches retroussées, ses cheveux noirs qui avaient encore poussé, ses yeux bleus rieurs, et ce nez parfait, droit et fin, depuis qu'il avait été refait à la suite de l'accident, Lisa se rendit compte que jamais elle ne se lasserait de contempler ce visage.

— « Tu me manques » ? Sur une carte postale ? commença-t-elle. Comme ça, d'un coup ?

— Oui, c'est que j'ai ressenti… au début du mois… à Los Angeles, dit-il.

— Pas un coup de fil en vingt-cinq ans et, tout d'un coup, « Tu me manques » sur une carte postale avec rien d'autre !!

— Oui, j'ai compris, Lisa… heu… en fait, tu sais… Voilà ce qu'il s'est passé : j'étais là-bas pour m'associer à un gars qui veut mettre des parts dans ma société Internet, on se baladait tous les deux, près d'Ocean Park, le long de la plage de Santa Monica, quand subitement j'ai vu un type à moto se prendre un break de plein fouet. Le motard a volé en l'air, il a atterri à quelques mètres de nous sur le bitume. Avec mon pote, on s'est précipités. Pendant qu'il appelait les secours, je me suis penché sur le gars, il n'avait pas de casque, juste un foulard de biker, représentant le drapeau américain, autour du front. Sa Harley était allongée sur la route. Et là, je me suis vu. Ce gars inconscient qui gisait, c'était moi. J'étais comme téléporté ce soir de juillet 1990. Je me suis vu, Lisa, il faut que tu me croies, c'est ma tête, mon corps, que je voyais au sol à cet instant. Et là, tout m'est revenu : ma première année de droit, l'amphi, la bibliothèque de la fac de droit, j'ai revu qui j'étais à ce moment-là précisément, ce que j'aimais, tout ce que j'aimais, la fille que j'aimais… Je… J'étais en état de choc pendant que les secours arrivaient et que le gars du break qui avait causé l'accident répétait en tournant autour de moi : « *I didn't see him! I didn't see it happen! I swear!* » Ce pauvre gars ne savait même pas à quel point j'étais encore plus choqué que lui au moment même où mon cerveau était en train de me redonner ce qu'il avait bétonné jusqu'à présent : un peu de ma vie passée. Un peu de mon enfance. Un peu de mon adolescence. L'année avant l'accident. Toi. Notre histoire. Notre vie ensemble. J'avais les jambes qui flageolaient. Je suis parti, laissant mon pote donner son témoignage à la police. Sur Ocean Avenue, j'ai acheté une carte postale et là, c'est vrai que j'ai écrit n'importe quoi. Enfin, ce que j'avais sur le cœur, tu me manquais, c'est vrai et c'était affreux, ces souvenirs sont revenus comme s'ils dataient de la veille… J'ai appelé Maman parce que je n'avais pas ton adresse. Elle me l'a envoyée par texto…

— Oui, ça je me doute que tu ne l'avais pas. Pas un coup de fil, pas une visite en vingt…

— Depuis trois semaines, je ne pense qu'à toi… Toi, qui as épousé Nico, rit-il.

— Oui. Heureusement qu'il était là. Il m'a aidée à ne pas devenir folle ! s'écria Lisa. Oui, parce que, dans ma tête à moi, si j'épousais quelqu'un c'était obligatoirement de cette famille. C'était à ta famille que je devais m'unir. Je voulais que ta mère soit la grand-mère de mes enfants, alors certes, je n'avais plus mon amour adoré, puisque j'étais devenue plus transparente que la baie vitrée de votre salon pour lui, mais j'ai eu une épaule consolatrice, présente, solide, elle, moins dingo et surtout pas amnésique !

— Je suis désolé, Lisa. Je ne sais pas ce qu'il s'est passé…

— Ton neurochirurgien non plus. Le cerveau humain était comme la galaxie, pour lui… C'est ce qu'il nous a dit à l'époque.

— C'est vrai, murmura Max en appuyant ses deux mains sur le plan de travail.

Lisa observa les veines sur ses avant-bras dégagés de sa chemise.

« Le désir est en train de revenir, murmura Princesse D. En fait, il n'est jamais réellement parti de notre côté, mais c'est follement excitant ! »

« On se calme, la refréna Fée Ministe. Alors, je te zappe et t'existes plus et, subitement, vlaty pas que je me souviens, un quart de siècle plus tard !

Et il croit qu'il va reprendre les choses là où il les a laissées ? Mais même pas en rêve ! »

— Je suis tellement désolé, ç'a dû être un enfer pour toi, reprit Maxime.

— T'as pas idée ! J'étais... bien amoureuse, on peut le dire. Dans les premiers mois, j'ai cru que ça allait te revenir, puis dans les premières années... Au final, j'ai constaté que beaucoup de choses étaient revenues, presque tout en fait, sauf moi...

Lisa ne put finir sa phrase et étouffa un sanglot. Maxime se précipita et l'entoura de ses bras. Lisa put enfin pleurer dans les bras qu'elle avait toujours follement désirés...

— On passe à table ! annonça la baronne en entrant dans la cuisine.

Lisa essuya ses larmes et Maxime se dégagea rapidement. Inutile de faire un dessin à Françoise, elle savait exactement ce qu'il se tramait ici. Lisa fit un pas sur le côté.

— Excusez-moi, dit-elle en ouvrant le réfrigérateur. Je prends le saumon. Vous venez ?

Elle sortit avec son immense plat en argent recouvert d'un film plastique sans attendre la réponse de « ses enfants ».

— Tous les accidents sont stupides, déclara Lisa en tirant une feuille de Sopalin pour essuyer son visage, mais celui-là, il faut bien le dire : il était particulièrement con. En fait, tous les tiens, d'accidents, ont été « insoutenablement » cons... Mais le pire, c'était qu'ils étaient réguliers...

— Oui. Tais-toi, ça fait un bout de temps que je n'en ai pas eu, l'interrompit-il en touchant le bois de la planche à découper les légumes.

— J'ai essayé de te parler, de te raconter notre histoire… Quand j'ai divorcé de Nico, j'étais prête. J'avais préparé tout un discours, je l'avais répété devant la glace et tout… Puis tu es arrivé au réveillon avec Charlotte, tu m'as encore moins calculée que les autres années, c'est dire… C'était il y a quinze ans, je crois, avoua Lisa, en nettoyant le Rimmel sous ses yeux.

Max leva les yeux au plafond et serra les lèvres.

— Si tu peux, essaie de me pardonner. C'est tout ce que je demande, murmura-t-il. Garde le souvenir du jeune Max qui t'aimait…

— Et puis, ça a duré dix ans, renifla Lisa et… En fait, j'aurais passé une vie à t'attendre… Mais… mais l'année dernière, ça allait mieux, je n'avais plus ce poids sur l'estomac quand je pensais à toi, je t'avais laissé partir. C'est terrible de faire le deuil de quelqu'un de son vivant… Mais… Bref, j'avais à peu près réussi quand tout d'un coup la carte postale, quoi ! Et boum, rebelote !

— Je tombe mal encore, je tombe toujours mal, en gros…

— J'avoue qu'on peut difficilement faire pire, marmonna-t-elle, tenant le Sopalin roulé en boule près de son nez. Je suis allée voir une psy cet après-midi…

— Qu'est-ce qu'elle t'a dit ? demanda Max.

— Rien, c'est moi qui lui ai raconté toute l'histoire et ça m'a coûté cent soixante-quinze balles ! dit-elle en étouffant un éclat de rire.

Maxime rit avec elle. Leurs esclaffements se transformèrent en fou rire, qu'ils n'arrivaient plus à contenir.

— Vous venez, les enfants ? intervint Charles, le baron, en entrant dans la cuisine. On a presque fini le saumon, il manque du citron. Il en est où, mon chapon, ajouta-t-il en se baissant pour regarder à l'intérieur du four. Vous surveillez la cuisson ?

— Exactement, Papa, répondit Maxime, hilare. En fait, c'est ce qu'on fait, on surveille la cuisson du chapon.

Ils repartirent dans un fou rire et Charles sortit de la cuisine avec des citrons. Lisa et Max, se tenant le ventre, se laissèrent glisser lentement contre les machines pour finir assis sur le sol de la cuisine. Ils reprirent leur calme peu à peu, revenant à une respiration normale…

— Tu m'as vraiment manqué, déclara Max.

— Toi aussi, mais ce n'est pas depuis trois semaines, c'est depuis vingt-six ans !

Ils éclatèrent de rire encore comme une réplique après un séisme.

— Punaise, vingt-six ans, réalisa Maxime.

— Oui, souffla Lisa. Vingt-six ans à essayer de t'oublier, avec des hauts, des bas, y arrivant par moments pour que ça revienne plus fort ensuite. Je te le répète, c'était pire qu'un deuil. Tu te pavanais devant moi avec d'autres femmes, tu faisais des enfants, tu m'ignorais… Si au moins t'étais mort ! Mais même pas ! Non, tout pour me faire chier !

— Si je te disais que je suis là maintenant… bel et bien là pour toi. Présent et avec tous mes neurones et mes souvenirs… Tu reviendrais ? Tu pourrais m'aimer encore ? Parce que moi, je sais que je n'ai jamais cessé de t'aimer sans le savoir…

« Et nous y voilà ! » s'écria Princesse en sautant à pieds joints.

« Et nous y voilà », marmonna Fée Ministe, en s'asseyant les bras croisés.

— Je ne sais pas, je ne sais plus, avoua Lisa. J'ai passé tellement de temps sans toi. J'ai peut-être idéalisé cet amour de jeunesse, c'était mon premier. Je l'ai peut-être fantasmé, après tout… C'est vrai que, vu la manière dont il s'est terminé, il m'est resté en travers de la gorge, mais…

Lisa ne put finir sa phrase, Maxime plaqua ses lèvres contre les siennes et s'allongea sur elle, sur le carrelage de la cuisine. Lisa entendit de nouveau les cloches sonner, mais elles étaient réelles, celles-là, c'était les cloches de la petite église du village qui annonçaient la messe de minuit.

Quelques minutes plus tard, ils arrivèrent dans le salon en se tenant par la main.

— Ah quand même ! s'écria l'assemblée.

— Qu'est-ce que vous foutiez ? demanda Nico. Je vous préviens, il n'y a plus de blinis…

— J'ai l'honneur de vous annoncer que Lisa et moi, on va se remettre ensemble, annonça Max, et peut-être même vivre tous les deux si elle veut bien… Dès l'année prochaine, en janvier, dans une semaine, quoi ! Joyeux Noël, tout le monde !

L'assemblée médusée accueillit cette nouvelle l'œil rond et la bouche ouverte. Dehors, il commençait à neiger doucement et les cloches tintaient encore. Max et Lisa s'embrassèrent de nouveau. Il faut toujours faire confiance aux cloches…

LOVE COACH

Noël 2017

Sophie Henrionnet

— C'est simple, Coralie : je ne peux pas !

— …

— C'est tout ! Je ne peux pas te dire mieux.

— …

— Sérieusement, tu peux comprendre ça, Coralie : ce n'est tout simplement pas possible.

Pour la millième fois de la journée, Vincent égarait sa main dans son épaisse tignasse. La tension était à son comble dans son petit appartement parisien, en cette froide mais copieusement ensoleillée journée de décembre.

Ladite Coralie, deux ans et quinze centimètres de moins que son frère, ignorait superbement les tentatives désespérées qu'il déroulait dans le but de refuser sa requête illégitime.

— Je vous appelle dès que j'atterris, les garçons.

Elle consulta sa montre et ajouta négligemment :

— Enfin, je verrai en fonction du décalage horaire. Je ne sais pas quelle heure il sera à Rio. Quoi qu'il en soit, on se retrouve chez Mina pour Noël. Tonton Vince vous y conduira.

Elle sortit de son sac à main un trousseau de clés et le fit claquer sur la table basse.

— Je te laisse ma caisse au cas où, mais sois prudent. On sait tous comment tu conduis...

— N'importe quoi... rétorqua Vincent dans un élan pavlovien avant de secouer la tête, de saisir les clés et de les tendre à sa sœur, imaginant peut-être qu'en les récupérant, il éviterait le cauchemar qui se profilait.

— C'est non, Coralie ! Qu'est-ce que tu ne comprends pas dans le mot NON ?

La petite blonde se mit à rire comme si jamais, de toute sa vie, elle n'avait entendu chose plus drôle.

— Tu avais dit OK. Vous êtes témoins, les garçons, tonton Vince était d'accord.

Vautrés dans l'un des canapés défoncés de Vincent, Oscar, onze ans, et son frère Tim, quatorze bougies au compteur, ignoraient royalement ce qui se jouait à proximité. Ils avaient déjà allumé la console de jeux de leur oncle. Coralie *vs* Vincent ? Des litres de testostérone n'y changeraient rien. Jamais leur mère n'avait perdu le moindre combat.

— Dis, Siri, c'est quoi le code wi-fi de l'appart ? interrogea Oscar.

La tablette de Vincent entama une discussion avec le préadolescent.

— Je ne savais même pas que ma tablette avait cette fonction, lâcha Vincent, un peu plus désarçonné encore.

— Avec tes enfantillages, je vais finir par rater l'enregistrement, s'énerva la jeune femme.

Vincent l'observa un instant avec curiosité. Jamais il ne parviendrait à cerner l'étrange personnalité de sa sœur. Lorsqu'elle ferma son sac d'un geste assuré, il comprit que ses espoirs de tranquillité tout autant que les plans qu'il avait scrupuleusement mûris s'évanouiraient bientôt dans le soleil couchant, escortés de virevoltants roulés par le vent, le tout avec Sergio Leone en bande-son.

— En tout état de cause mon chou, tu as dit OK. Et OK signifie OK.

— Coralie…

— Qu'est-ce que tu ne comprends pas dans le mot OK ? railla-t-elle en le singeant.

— Mais t'es grave ! lança Vincent dans un sursaut. Je n'ai pas pu te dire OK, puisque jamais tu ne m'as demandé de garder les garçons !

Il écarta les bras, incrédule devant tant de mauvaise foi.

— Et depuis quand on me demande de garder des enfants ? Tu es au courant que je ne suis moi-même pas franchement adulte ? Je fais même crever les cactus que Maman s'acharne à m'offrir les uns après les autres !

Coralie soupira et leva les yeux au ciel.

— Cette manie de tripoter tes cheveux… Ta calvitie va flamber.

Vincent, paniqué, gagna le miroir de l'entrée.

— Je… Hein ? Calvitie, moi ? Tu déconnes, je…

Il tenta de dompter son rythme cardiaque qui avait pris des largesses à cette idée inquiétante de front qui pousse, puis reprit un semblant de contenance.

— J'y vais ! annonça Coralie.

Contrairement à Vincent, excessivement bonne pâte, Coralie appartenait à la race des killeuses. Là où certains divisaient pour mieux régner, Coralie menait son interlocuteur par le bout du nez, le conduisant, l'air de rien, dans des impasses aussi stériles que boueuses, et assénait le coup de grâce. C'était désormais chose faite : les garçons passeraient la semaine précédant Noël dans l'appartement parisien de leur oncle.

Coralie se hissa sur la pointe des pieds et claqua une bise sur la joue de son frère, lequel n'avait plus qu'à fraterniser avec la capitulation.

— Dieu te le rendra au centuple, c'est une certitude. Enfin, *a priori*.

— Mais…

— Demandé, pas demandé, ça change quoi pour finir ? J'ai besoin que tu me rendes ce service, j'ai besoin de vacances, et j'ai besoin que quelqu'un veille sur les garçons.

— Coralie…

— Serais-tu le genre de mec à ignorer une femme dans le besoin ?

— …

— Je ne le pense pas, reprit-elle en secouant la tête négativement.

— Mais…

— Crois-moi, tu n'es pas ce genre de mec, ajouta-t-elle comme un compliment.

— Je…

— Allons, allons… Ne me déçois pas, s'il te plaît.

Vincent regarda successivement les deux paires de pieds posées sur sa table basse, puis sa sœur qui nouait son étole d'un air satisfait.

— J'ai tellement besoin de vacances… Et puis, tu vas voir, grâce à Fortnite, Oscar se garde quasi tout seul. Tim a pris un stock de livres délirant et ses écouteurs, non, franchement, c'est presque trop facile.

Elle lui tapota l'épaule.

— Et puis, comme tu ne bosses pas…

— Qu'est-ce que tu racontes ? Je bosse ! Freelance ne veut pas dire que je ne bosse pas !

— Oui, enfin tu n'as pas à te taper de transports en commun, ni de collègues transpirants ou à l'haleine chargée. Quand ce n'est pas un combo des deux, continua-t-elle, soudainement pensive.

Elle balaya l'appartement du regard et ses yeux s'arrêtèrent sur une pyramide de cartons.

— Et puis, avec le départ de Nico… Non, ça va être très sympa, j'en suis certaine.

La messe était dite, Vincent baby-sitterait ses neveux à l'insu de son plein gré et plus personne, désormais, ne pouvait rien pour lui.

— Dis, Siri ? On va se marrer cette semaine ? demanda Oscar à la tablette.

« Il faut toujours laisser sa chance à la situation », déclara, dans le dos de Vincent, une voix métallique.

— Arrête Oscar ! tonna Coralie. Qu'est-ce qu'il est pénible avec ce truc. Et puis, ça va te faire du bien.

Vincent sentit sa colère s'évanouir. Coralie avait dégainé sans transition son regard de cocker et considérait son grand frère avec tendresse. Dans la foulée, elle posa une main sur son bras et le pressa légèrement. Vincent se sentit subitement las. Il savait ce que tous pensaient. Il devait passer à autre chose. Il fallait oublier Léa. Ne plus penser à son doux visage, son regard de braise, sa silhouette parfaite et son sens de l'humour décapant.

— Oublie cette pouffiasse une fois pour toutes, veux-tu, claqua soudain Coralie.

Vincent, dont les limbes du cerveau s'étaient instantanément parés de diverses représentations de Léa – Léa riant, Léa dansant, Léa mangeant une gaufre saupoudrée de sucre glace, Léa dormant paisiblement – manqua de s'étouffer. Coralie pivota vers ses fils qui ricanaient, puis elle planta ses yeux dans ceux gris-vert de son frère.

— Pardon, mais il est parfois bon d'appeler un chat un chat, et cette fille, frangin, c'est la reine des traînées. Si ta vieille sœur ne te le dit pas, personne ne te le dira.

***

Alors qu'Oscar s'était contenté de griffonner ses exigences sur un Post-it, Tim proposa à son oncle de l'accompagner à la supérette.

— Vous êtes tellement différents tous les deux, lâcha Vincent dans la cage d'escalier, je ne m'y ferai jamais.

— C'est sûrement de famille, s'amusa Tim.

Vincent tiqua. Son neveu avait peut-être raison. Coralie, sa propre sœur, l'avait toujours mené à la baguette. Dans leurs souvenirs communs, il y avait autant d'expériences hilarantes que de réminiscences douloureuses teintées d'humiliation.

— Oscar est immature, expliqua Tim. Avec un peu de chance, ça se tassera. Je ne relève que lorsque son comportement devient vraiment excessif. J'ai cru comprendre que ton coloc partait ? enchaîna-t-il.

En ramenant ses pensées jusqu'à son ami Nico, Vincent fit tomber une, puis deux boîtes de céréales dans son panier. Son coloc lui avait solennellement annoncé son emménagement avec Marion, sa fiancée. Avec le départ de Nico, une page joyeuse se tournait. Vincent ne pouvait décemment supplier son ami de rester, et il accusait le coup.

— Eh oui, Tim. C'est la vie, Nico part roucouler.

— Pas facile, j'imagine, répondit l'adolescent en admonestant une petite tape dans le dos de son oncle.

Vincent choisit un pack de bières et des paquets de cacahuètes.

— Vous aimez les chips ?

Tim se mit à rire et prit une mimique moralisatrice.

— Pour nous, qui sommes en pleine croissance, pas de problème ! En revanche, il me semble que tu devrais surveiller ce petit bidon naissant !

Vincent, vexé, se palpa l'estomac.

— Je vais chercher du papier toilette, reprit Tim. J'ai vu que tu t'étais rabattu sur le Sopalin !

Vincent regarda Tim s'éloigner dans le rayon, non sans souhaiter que la pyramide de boîtes de maïs toute proche ne l'ensevelisse. Vaguement honteux, il continua de remplir son panier de manière compulsive. Qu'est-ce qui ne tournait pas rond dans sa vie ? Ou plutôt pour quelle raison la liste des choses qui tournaient à peu près rond dans son existence de graphiste trentenaire tenait-elle sur un Post-it ? Quand Tim réapparut en brandissant un paquet de Maxidouceur épaisseur triple, Vincent espérait ne pas avoir été autant tête à claques par le passé.

À leur retour ils trouvèrent Oscar et Nico en pleine partie de jeux vidéo. L'ado exulta avec force cris : il venait de remporter le match sur le fil.

— Comment je t'ai défoncé !!! Mais défoncé ! Chehhhhh !

Nico, mauvais perdant, se leva et balança la manette sur le divan. Il coula un regard lourd de sens à Vincent.

— Tout le portrait de ta sœur, celui-là…

Vincent eut un sourire entendu et emporta les sacs de provisions jusqu'à la cuisine.

— C'est donc comme ça que tu me remplaces, s'amusa Nico en attrapant une bière dans le frigo.

— Faut croire… Coralie les a purement et simplement balancés ici avant de filer à Rio ! Autant te dire que ça ne m'arrange pas du tout.

Nico laissa son décapsuleur en suspens.

— Vince, s'il te plaît, ne me dis pas que tu vas recommencer tes conneries ?

L'accusé se prit d'une intense passion pour les composants du paquet de cacahuètes.

— Flippant tous ces additifs…

— Pas de tentatives de diversion avec moi, mec. Qu'est-ce que tu mijotes ? On en a déjà parlé cent fois, minimum ! Tu dois arrêter ton cirque ! Léa, quoi que tu fasses, ne reviendra pas !

Nico posa sa bière d'un coup sec sur le plan de travail. Il paraissait à la fois en colère et dépité.

— Et quand bien même elle se déciderait à te donner signe de vie, ce serait la pire nouvelle de la décennie !

Il tapa des deux poings sur la surface stratifiée et la canette trembla. Vincent, en sursautant, lâcha le paquet de cacahuètes. L'univers lui envoyait pourtant de sérieux signes : du courrier arrivait encore pour Léa à l'appartement, il avait croisé sa cousine le mois dernier au Bon Marché, sans compter cette star de la pop qui reprenait leur chanson. Il devait s'accrocher pour deux à leur histoire le temps qu'elle ouvre les yeux, pourquoi fallait-il que ses proches ne voient rien ?

— Nico, Léa a lu mes messages sur WhatsApp.

Nico soupira bruyamment et se posta face à son ami. Il posa ses deux mains sur ses épaules pour s'assurer d'avoir toute son attention.

— Bientôt, je ne serai plus là, tu sais ça ?

Vincent hocha la tête, triste et penaud.

— Je ne peux pas partir en sachant qu'à la moindre surinterprétation, tu vas replonger ! C'est du masochisme. Elle ne t'aime plus, Vincent. Léa vit sa vie et tu n'es pas dedans. Tu ne peux pas piloter son cerveau !

— Je l'ai dans la peau, chuchota Vincent en baissant la tête.

— Tu réalises que tu tournes en rond depuis un an ! Un an ! Et encore, l'année précédente vous avez rompu, quoi ? Cinq fois ? Et les cinq fois où elle est brièvement revenue, c'est parce que tu l'as suppliée. Cinq fois elle a piétiné ton cadavre avant de repartir sur quelques pas de danse !

— Je sais que tu ne la portes pas dans ton cœur, mais moi je la comprends. Et puis, je ne peux pas lui en vouloir : je n'ai pas toujours été très fin.

— Ah ben ça, pour pas être fin, t'es pas fin ! Sais-tu combien de femmes il y a dans le monde ? Dans Paris ? Dans l'arrondissement ? Dans l'immeuble !!!

Nico traîna Vincent jusqu'à la porte du four pleine de traces.

— Regarde un peu ce type. Il plaît à quantité de filles et ne s'en rend même pas compte. Beau gosse, sympa, attentionné… Beaucoup de mes collègues et amies me supplient de les mettre en contact avec lui.

Nico secoua Vincent d'avant en arrière, comme pour lui remettre les idées en place.

— Et ce mec, tu veux que je te dise ce qu'il fait ? Une fixette ! Intersidérale, la fixette ! Sur une fille qui ne lui arrive pas à la cheville et surtout qui se soucie autant de lui que de son troisième string.

— Je sais ce que tu penses, coupa Vincent d'une petite voix.

Nico s'adossa au plan de travail en soupirant.

— Au fait, ma mère demande si vous passez toujours Noël à la maison ? souffla Vincent.

— Je ne raterai ça pour rien au monde, répondit Nico. Elle est adorable de convier Marion.

Nico resta silencieux quelques secondes avant de reprendre.

— Sérieusement, ça m'inquiète de te laisser seul. Faut qu'on te retrouve un coloc rapidement sinon, je te connais, tu vas ruminer comme un fou.

Le visage de Vincent s'éclaira soudain.

— Alors là, je vais te surprendre. Je pense avoir trouvé quelqu'un !

— Ah ouais ? Tu veux me faire croire que tu te serais déjà bougé pour me trouver un remplaçant ? s'étonna Nico.

Vincent eut une petite moue.

— Disons plutôt qu'il s'agit d'une candidature spontanée. Tu te souviens de Jean ?

Nico ouvrit de grands yeux et s'éternisa sur sa gorgée de bière.

— Pas… onne… idée… grogna-t-il en s'essuyant la bouche sur le dos de sa main.

— Mais si, il a bossé un temps dans la boîte de Léa. Directeur artistique, je crois. Un peu pince-sans-rire, mais plutôt sympa.

— Je ne pense pas que ce soit une bonne idée, murmura Nico en prenant soin de fermer la porte de la cuisine.

— J'ai bossé sur un projet avec lui, quelques visuels, reprit Vincent. Léa nous avait mis en relation. Bref, je l'ai croisé à une soirée boulot, tout naturellement on a parlé d'elle et…

— Vincent…

— Ils s'entendaient bien…

— Vincent !

— ...

— Ton mec, là, il est sorti avec Léa quand vous étiez ensemble. Enfin, durant l'un des innombrables épisodes de votre saga.

Vincent saisit la bière de Nico et en descendit le contenu d'un trait. Il avait depuis longtemps arrêté de prendre personnellement les affronts de Léa, mais ce nouvel élément venait ajouter une couche de vernis supplémentaire à sa douleur. Lorsqu'il eut quémandé à son colocataire les détails et précisions tues jusqu'alors pour l'épargner, Vincent convint que Jean ne constituait pas le candidat idéal pour remplacer Nico.

Plein d'espoir, celui-ci lui sourit.

— Ça va aller, mon pote ?

Vincent inclina très légèrement la tête.

— Ça va aller, ne t'en fais pas… Je t'ai dit qu'elle avait lu mes WhatsApp ?

***

— Je vais faire un gratin de courgettes, annonça Tim qui avait décidément un côté Bree Van de Kamp à la limite du flippant.

— Tu sais où tu peux te le mettre, ton gratin de courgettes ? siffla Oscar en augmentant le volume de l'enceinte Bluetooth.

— Pas faim, bouda Vincent.

Depuis le départ de Nico, il gisait sur le canapé, un bras replié sur les yeux pour tenir à distance la dure vérité. Son ex-coloc venait de labourer ses ambitions, faites de propositions de dîner romantique, de playlists avec les chansons qui avaient marqué leur relation et de tirades passionnées. Pathétique, oui, mais il avait épuisé déjà pas mal de possibilités.

— Dis, Siri, où trouver les pizzas les moins dégueu des environs ? interrogea Oscar.

« Pizza bella, 9 rue Blanche. Si vous voulez consulter les avis Tripadvisor, cliquez sur le lien. »

— Dis, Siri, pourquoi mon frère, en plus d'être moche comme un cul de babouin, est complètement débile ?

— Oscar ! râla Tim sans conviction.

« Tout est relatif. Il n'est pas humainement possible de s'entendre avec tout le monde et l'intelligence n'est pas quantifiable en dehors du test du QI et du QE. Si vous voulez effectuer un test en ligne, cliquez sur l'un des liens suivants. »

Vincent avait besoin de faire le point.

— Dis, Siri, quelle est la meilleure manière de zigouiller son frère ?

Et de calme. Oui, il lui fallait du calme. Très rapidement. Il descendit au café qui occupait le rez-de-chaussée de leur immeuble. Le Blanche, dans la plus pure tradition des bistrots parisiens, avait toujours été un refuge pour Nico et Vincent. Ils connaissaient suffisamment Rémi, le patron, pour ne plus avoir besoin de passer commande. Candice, la serveuse, craquait sur Nico. Dans les trente secondes qui suivirent son arrivée, elle déposa en souriant un demi devant Vincent.

— J'ai cru voir Nico ?

— Oui, il passait prendre des cartons.

Elle eut un petit sourire triste, qu'il prit pour de la déception.

— On dirait que ce n'est pas la grande forme ? reprit-elle.

Vincent dévisagea la petite rousse. Tout le monde ici savait pour lui et Léa. Ils avaient eu au Blanche leurs premiers rendez-vous et venaient souvent y déjeuner. Pour ce qui était de la fin, les habitués cherchaient encore à oublier les éclats de voix de la jeune femme et les sanglots de Vincent.

— J'ai connu des jours meilleurs, répondit-il plus sèchement qu'il ne l'aurait voulu.

Il se sentit aussitôt gêné. Candice ne cherchait qu'à se montrer aimable et il se comportait comme un rustre.

— Je croule sous le boulot et ma charmante sœur a trouvé sympa de me refiler ses enfants à garder. Sans compter que je déteste cette période, reprit-il en désignant une guirlande lumineuse qui pendouillait dans un coin.

Rémi choisit cet instant pour entrer dans la salle en traînant un sapin. Candice eut un rictus gêné.

— Moi, je ne sais pas.

— Tu ne sais pas quoi ? s'enquit Vincent, hypnotisé par le Norman de deux mètres de haut.

Candice sursauta, comme prise en faute.

— Pardon, je pensais tout haut. Noël. Je ne saurais pas dire si j'aime ou pas.

Rémi fit tomber un carton, et une partie des décorations qu'il contenait se répandit sur le sol. Candice abandonna son plateau sur la table et se hâta de rejoindre son patron. Vincent, qui avait terminé sa consommation, fouilla ses poches à la recherche d'un peu de monnaie. Son téléphone vibra au même moment.

À table !

Vincent sourit en découvrant le SMS de Tim. L'adolescent se montrait bien plus organisé qu'il ne l'était lui-même.

Lorsqu'il passa la porte de l'appartement, il découvrit une table dressée pour trois et se joignit à ses neveux qui mangeaient déjà. Quand il eut terminé ses spaghettis *al dente*, il retourna s'allonger sur le canapé.

Léa, après avoir ignoré ses messages, snobé ses e-mails, éludé les messages privés sur Instagram et Twitter, l'avait bloqué sur Facebook. Cependant, le matin même, Vincent avait eu la surprise de constater que son ex avait lu les derniers « ça va ? » ridicules qu'il avait envoyés sur WhatsApp. Deux coches bleues, ni plus ni moins. C'était désormais une certitude : Léa savait, dans le désordre, qu'il pensait à elle, qu'il avait des choses à dire, des arguments, des envies, des idées, pour deux, voire pour trois.

— Dis, Siri, pourquoi mon crétin de frère sent si fort le fromage ?

— Oscar ! s'énerva Tim.

« L'odeur du fromage dépend de son affinage et de l'origine du lait utilisé. Le fromage est riche en calcium et… »

Vincent était à deux doigts de demander à Siri comment faire disparaître le cadavre d'un enfant de onze ans quand son téléphone vibra, s'illumina et sonna, tout à la fois. Soucieux de ne pas rater un signe de Léa, Vincent avait mis les notifications de son côté. Il se redressa vivement et, ébloui par le soleil qui baignait la pièce, il plissa les yeux. Tim et Oscar cessèrent leurs activités, ils ne l'avaient pas vu si vivant depuis leur arrivée. Léa avait répondu. Électrochoc. Cette information équivalait à une apparition de la Vierge.

Oui, pas mal. Et toi ?

Erreur de débutant, alors que le message de son ex tenait en une ligne, Vincent l'ouvrit sans attendre, validant à son tour les deux coches qui confirmeraient qu'il était désormais tout à fait au courant que Léa, primo était à peu près en forme, secundo fort empathique et aimable de s'enquérir de sa propre santé. La bonté faite femme, en somme.

— Mais quel blaireau ! T'as ouvert le message ? rugit Oscar en lui arrachant le téléphone des mains.

L'ado examina le maigre fil de discussion quasi exclusivement alimenté par son oncle adulescent.

— Rends-moi ça ! tonna Vincent d'une voix suraiguë.

— Tim ! Regarde ça ! s'emporta Oscar en collant l'écran sous le nez de son aîné.

Tim s'exécuta en silence. Il fit ensuite remonter de son index les petits rectangles colorés plus ou moins importants selon l'interlocuteur.

— Punaise. T'es grave mauvais, Vincent. Ça me peine de te dire ça, mais là on est vraiment sur du mauvais de chez mauvais.

Vincent resta stupéfait, ne sachant ce qui, de l'entente soudaine des deux frères ou de leur incursion dans sa vie amoureuse, le scandalisait le plus.

Oscar, visiblement aussi dépité, se renversa dans le canapé.

— Je ne devrais pas te dire ça, tonton Vince, mais cette Léa, je l'ai jamais sentie.

— Pâques ? rétorqua Tim à son frère, d'un air entendu.

— Clairement, confirma Oscar.

Tim haussa les épaules.

— Pas faux, pas faux…

Vincent essaya de reprendre possession de son téléphone, mais Tim se montra plus rapide et lança l'objet à Oscar.

— De quoi vous parlez ? Pâques ?

— Tu l'as ramenée à Pâques, chez Mina, il y a deux ans.

— En effet, répondit le trentenaire sur le qui-vive.

— Elle a passé son temps à textoter. Elle avait un mec, crois-moi sur parole.

— Et elle avait apporté des chocolats dégueulasses, tu te souviens ? D'ailleurs je ne suis pas à ce jour persuadé qu'on ait eu affaire à du chocolat.

Tim se mit à rire, et la connivence entre les garçons amusa à son tour Vincent.

— On peut t'aider, annonça Oscar.

— Bon, les enfants, vous êtes gentils, mais je crois que niveau relations amoureuses, je m'y connais un tout petit peu plus que vous.

Cette fois-ci les garçons éclatèrent franchement de rire.

— T'es un mec sympa, Tonton, mais l'exact opposé d'un tombeur ! Nico a raison, t'as pas conscience de ton potentiel et tu t'acharnes sur cette fille en jouant les carpettes !

— Hey ! Tout doux, maugréa Vincent. En plus vous écoutez aux portes ?

— Mon vieux, si tu veux la reconquérir, va falloir changer radicalement de méthode.

— Ça me tue de dire ça, mais Oscar a raison, appuya Tim.

Vincent se leva et arpenta la pièce. Il ne pouvait pas décemment se faire aider par ses neveux. D'un autre côté, si personne ne l'en empêchait, il allait vomir des messages suppliants à la pelle, et ce toute la soirée durant.

— Comment tu sais tout ça, toi ?

Oscar se rengorgea.

— Je crois que c'est inné, en fait.

Vincent pivota vers Tim, qui leva les paumes de mains vers le ciel en signe d'abdication.

— Il a des tonnes d'amoureuses. C'est un *serial lover.* Sa chambre est tapissée de mots doux.

— Et toi ? s'enquit Vincent.

— Moi ? J'en ai reçu un, une fois. Mais il est arrivé par mégarde dans mon sac à dos, il était adressé à mon voisin de classe.

— Alors ?

Ils se tournèrent vers Oscar qui croisait fièrement les bras sur son torse malingre, mais tendu d'assurance.

— On laisse faire le boss ?

***

Vincent avait sorti ses souvenirs. Albums photo, lettres, historiques de messages, e-mails imprimés conservés religieusement. En contemplant les évocations du passé qui jonchaient le sol du séjour, le trentenaire avait la curieuse sensation d'être convié à la rétrospective de la vie d'un loser. Penchés côte à côte, Tim et Oscar épluchaient les échanges avec attention.

— T'es bien certain de vouloir la reconquérir ? demanda Oscar en examinant une photo de Léa.

Sur le cliché, casquée et vêtue d'un gilet de sauvetage, Léa s'apprêtait à descendre dans une grotte souterraine. Elle fusillait le photographe du regard.

— Verdon, été 2016, enchaîna amoureusement Vincent.

— À sa décharge, tout le monde a une tête de gland dans cette tenue, tempéra Tim.

Vincent repensa à cette semaine. De nombreuses disputes avaient émaillé le séjour et la météo avait été exécrable, ce qui expliquait sans doute la tête de tueuse de Léa.

— Dis donc, elle n'est pas toujours tendre, remarqua Tim.

Vincent relut une série d'e-mails sur son ordinateur. À cette période, Léa s'était brouillée avec sa meilleure amie, passage on ne peut plus difficile, on peut le comprendre. Il intercepta les regards apitoyés de ses neveux.

— Écoute, tonton Vince, si c'est vraiment ce que tu veux, il faut prendre les choses en main, décréta Oscar.

— Je le veux, assura Vincent avec la détermination de celui qui prononce ses vœux devant le maire.

— Dans ce cas, nous devons nous en remettre aux instances supérieures.

Vincent se raidit un tantinet, mais acquiesça tout de même. Jusqu'ici, cela semblait sensé, même s'il n'avait pas la moindre idée de quoi il était question. Tim valida d'un regard et Oscar, alors, lança les hostilités.

— Dis, Siri, comment je récupère mon ex ?

***

Vincent, Oscar et Tim avaient passé la soirée à éplucher un des sites de coaching spécialisé en récupération d'ex que Siri leur avait indiqués. Les avis étaient dithyrambiques, les témoignages éloquents : à en croire les différents articles, il existait des méthodes imparables pour faire revenir les âmes sœurs qui, par mégarde, s'étaient éloignées du droit chemin.

— En tout cas, il y a ce qu'il faut en tutos, constata Tim.

Oscar secoua la tête, puis dévisagea Vincent de pied en cap.

— Dans ton cas, on va privilégier le coaching en direct.

— Sinon il y a la formule par téléphone, proposa Tim.

— T'as vu le passif ? Un an qu'il se comporte en ex relou ! Léa ne lisait carrément plus ses messages… Non, ne tentons pas le diable, mais plutôt le tout pour le tout, conclut Oscar.

Vincent décida d'ignorer le ton sans appel de son neveu et se mit en quête des tarifs du *love coach.*

— Je rêve ??? C'est en roupies ou quoi ?! C'est hors de question.

Oscar et Tim se rendirent à leur tour dans l'onglet « tarifs » du site et émirent un petit sifflement.

— Je ne vais pas claquer autant dans ces âneries, décréta Vincent.

— Pourtant, tu avais l'air décidé, riposta Oscar.

— Je suis désespéré, oui, mais pas à ce point ! Non, non, non, c'est n'importe quoi et pas dans mes moyens.

Oscar disparut sans crier gare dans le couloir de l'appartement pour revenir quelques secondes plus tard avec son sac à dos. Il en sortit un portefeuille plein à craquer.

— On va dire que tu me rembourseras la moitié. Le reste c'est ton cadeau de Noël.

— Mais d'où tu sors ce fric ? lança Tim.

Oscar évita le regard des deux autres.

— Disons que j'ai rendu quelques services à des voisins… Ce qui leur a évité de faire appel aux services d'un privé. Bref, là n'est pas la question : on prend la formule « Platine love ».

Vincent considéra longuement le plus jeune de ses neveux, sans savoir quoi penser. Celui-ci ne laissa personne tergiverser en affirmant qu'il contacterait aux heures ouvrables l'expert en reconquête amoureuse. Puis il décréta qu'il était « temps de regarder un film, bande de nazes ». Vincent choisit de ne pas dilapider le peu d'énergie qui lui restait et obtempéra. Lorsque son téléphone vibra, Tim le lui confisqua.

— D'ici là, interdiction de répondre le moindre mot à Léa !

— Et on ne parle même pas d'émoticônes, ajouta Oscar.

— C'est Maman de toute façon, annonça Tim en lisant le SMS qui venait d'échouer sur l'écran. Elle dit qu'elle vient d'arriver et que le barman fait des cocktails divins.

Vincent se renversa dans un fauteuil et s'imagina ce qu'aurait pu être la soirée sans l'intervention de Coralie. Sans aucun doute aurait-il compulsivement enseveli Léa de messages et pour sûr, serait-il déjà en train de le regretter.

Il était incapable de prédire où cette histoire de coach allait le mener, mais après tout, cela ne pouvait pas être pire.

***

Le lendemain, au Blanche, Rémi terminait de dresser les tables pour le déjeuner. Il faisait suffisamment beau temps pour que certains, pelotonnés dans des plaids sous les grosses résistances, se risquent à manger en terrasse. Vincent et les garçons patientaient à l'intérieur.

— J'ai hâte de voir en quoi ce coaching consiste.

Oscar trépignait d'impatience, tandis que Tim parcourait la carte des consommations.

— Ouais, ben moi, je ne suis plus du tout certain que ça soit une bonne idée, marmonna Vincent.

— Écoute, c'est décidé maintenant. On ne va pas revenir là-dessus, coupa Oscar.

Vincent replaça autour de son cou l'écharpe qu'il venait tout juste d'ôter, plus pour se donner une contenance que parce qu'il frissonnait. Il se sentait plus stressé encore que si Léa en personne lui avait donné rendez-vous.

— Le voilà !

Châtain, dans les vingt-cinq ans, lunettes de soleil pilote, Brad Stanley s'avança dans la salle sans les voir. Tim se leva et agita la main à son intention. Brad hocha la tête d'un air grave et s'approcha d'eux. Il leur serra la main en silence et prit place à leur table.

— Tu t'appelles vraiment Brad ? s'enquit Oscar à brûle-pourpoint.

— Euh… non, répondit Brad, un peu déstabilisé par cette entrée en matière peu commune.

— Je me disais bien ! C'est quoi alors ?

— Alors quoi ?

— Ben ton prénom ! Le vrai !

Brad, qui regrettait déjà d'avoir répondu par la négative, ne trouva pas d'alternative à la vérité.

— Jean-Michel…

— Sérieux ? dit Tim.

— T'as bien fait de prendre Brad, c'est clair, conclut Oscar pensivement. Je crois que j'aurais pris Bradley, moi.

— J'ai hésité, avoua Brad avant de se ressaisir.

Il porta son regard sur Vincent et tenta de se draper à nouveau d'un peu de professionnalisme.

— C'est pour vous, n'est-ce pas ?

Vincent hocha la tête. Tout à coup, il avait plus envie de se faire épiler le sillon interfessier que de se trouver là.

— Brad Stanley, enchanté, je suis expert en reconquête amoureuse *since* 2012.

— Eh ben, t'as commencé super jeune, Jean-Mi, siffla Oscar.

— Bon, c'est pas bientôt fini ? s'emporta le coach.

— T'énerve pas, je suis admiratif ! J'aime ton esprit d'entreprise et j'avoue que c'est super malin d'avoir misé sur cette niche économique, renchérit Oscar.

Brad chercha un peu de réconfort auprès de Vincent, qui leva les mains en l'air pour tout soutien. Oscar était le capitaine du bateau, il fallait s'y faire. Celui-ci fit d'ailleurs un rapport exhaustif au *love coach.* Léa avait quitté Vincent deux ans auparavant, ensuite celui-ci avait durant une année entière quémandé un peu d'attention et la belle avait alors fait quelques retours fracassants avant de claquer à nouveau la porte. Depuis un an, le trentenaire se ridiculisait avec force déclarations et messages sur tous les réseaux possibles et imaginables.

— Je vois, je vois, je vois... souffla Brad, visiblement pessimiste. Vous avez pris la formule « Platine love » ?

— Oui, Jean-Mi.

— Sérieusement, arrêtez de m'appeler Jean-Mi. À chaque fois mon mojo se fait un peu plus la malle et je ne vais pas réussir à être efficace !

— OK, OK, promis j'arrête. Enfin moi, à ta place, j'aurais pris Bradley, mais ceci n'engage que moi.

— Oscar ! tonnèrent Tim et Vincent de concert.

Candice s'approcha de la table, un peu inquiète.

— Tout va bien par ici ?

De l'étonnant petit groupe se dégageait une impression d'association de malfaiteurs, ce qu'ils se trouvaient finalement être, le butin escompté étant le petit cœur battant de Léa.

— Bon, là, Vincent, va falloir envoyer du lourd, parce qu'il y a un grand nombre d'interdits commis.

— Interdits ?

— Répondre trop vite, répondre tout court... Harceler ! Pleurer... Vous n'avez pas supplié quand même ?

Vincent préféra garder le silence.

— Supplié aussi... Pas gagné, pas gagné du tout, admit le coach.

Brad sortit des fiches bristol de son attaché-case et les disposa sur la table.

— La chose qui ne joue pas en notre faveur, c'est la donnée temps. Je m'explique, plus la situation s'encroûte et plus c'est…

— La merde ? proposa Oscar.

— Je n'aurais pas verbalisé ça de cette manière, mais ça résume assez bien l'idée. Léa sait que Vincent est fou d'elle, il serait prêt à tout pour quelques minutes avec elle, parce que…

— Il est débile ? cria Oscar en tapant sur la table comme s'il s'agissait d'un buzzer.

— Non, Vincent pense qu'en quelques minutes, il pourrait la persuader qu'elle a encore des sentiments pour lui. Et là, Vincent se…

— Fourre le doigt dans l'œil ? hasarda Tim qui se prenait lui aussi au jeu.

— … se fourvoie, termina Brad.

Vincent se prit la tête entre les mains. Il commençait à ne plus supporter qu'on évoque sa personne à la troisième du singulier comme on l'aurait fait du dodo, ce pauvre petit animal disparu de l'île Maurice.

Brad Stanley exposa ses principes en brandissant ce qu'il considérait comme la bible de la reconquête : un vieil exemplaire à la couverture rouge reliée et dorée à l'or fin d'*Orgueil et Préjugés.*

— Ceci, messieurs, n'est rien de moins que le Graal. Jane Austen est mon idole et ses écrits m'ont permis de percer à jour la psychologie féminine.

Il leur délivra le résultat de ses années de travail : les femmes ne voyaient pas l'intérêt de poursuivre quelque chose de trop acquis.

— En gros, il faut distiller les messages, comprendre que nous avons tous une « valeur ».

Exemple : dans la situation qui nous préoccupe, Léa est un vêtement de haute couture et vous, Vincent, vous êtes, je ne sais pas...

— Un mocassin à glands bas de gamme ? proposa Oscar.

— Et de seconde main ? compléta Tim.

— C'est à peu près ça ! s'exclama Brad. Ils apprennent vite !

Vincent, qui avait rarement connu pire moment de solitude, commanda une autre bière à Candice. À son grand dam, depuis le bar, la serveuse ne ratait rien de la conversation. Elle lui adressa un petit signe de réconfort.

— Mais alors, ton plan d'attaque, Jean-Mi, pardon, Brad, c'est quoi ?

Brad croisa fièrement ses bras sur sa poitrine :

— Rien.

— Rien ? s'étouffa Tim.

— Rien, confirma Brad.

— Du tout ? creusa Vincent.

— Que dalle, affirma Brad d'un air satisfait.

— Tu ne te foutrais pas un peu de notre gueule ? demanda calmement Oscar.

Brad soupira et arbora la figure de celui qui concède à éclairer de sa lumière le petit peuple ignare.

— Léa a eu trop d'attention. Elle revient vers Vincent, il doit la faire mariner avant de réagir.

Il avait pris une voix étonnante, assez semblable dans l'élocution et le débit à la voix off des documents de *Zone interdite*.

— Oui, jusque-là je suis d'accord, commenta Oscar. Mais combien de temps et surtout que répondre ?

— Cinq semaines.

— Quoi ! lança Vincent en postillonnant de la bière sur les bristols et le Jane Austen.

Brad se pressa d'éponger les gouttes à grand renfort de serviettes en papier.

— C'est prouvé, insista-t-il. Pas moins, surtout pas moins !

Le coach certifiait qu'il fallait que Vincent se fasse désirer.

— Elle doit avoir l'impression que vous ne vous souciez plus d'elle. Ses certitudes vont vaciller, son orgueil va se fissurer et…

— Laisse-moi deviner, Jean-Mi, ses préjugés vont fondre comme neige au soleil ?

— Exactement, se rengorgea Brad sans capter l'ironie de la réponse d'Oscar.

— Et on paie trois cents euros pour ce ramassis de conneries ?

Brad se troubla légèrement.

— Je vais bien sûr accompagner Vincent sur ses prochains échanges avec Léa.

— Mais puisque je suis censé ne pas lui écrire ? s'emporta Vincent.

Brad prit un air mystérieux et ouvrit des guillemets de ses doigts.

— Patience ! Patience mon ami ! Tout vient à point à…

— … qui se fait plumer ? siffla Oscar.

— Mais non ! Vous allez voir qu'avant les cinq semaines de silence, étonnée par le mutisme de notre Vincent, effrayée à l'idée de chuter de son piédestal, Clara va se rappeler à son bon souvenir !

— Léa.

— Pardon ?

— Léa, pas Clara.

— Au temps pour moi, répondit Brad. La base, les gars, la base, tenez-le-vous pour dit, c'est toujours de se demander comment agirait Brad.

— Toi ?

— Non, Brad Pitt ! Ou encore Sean, ou bien George. Est-ce que Sean Connery supplierait la femme de ses rêves de revenir ? Est-ce que George Clooney espionnerait sa belle sur les réseaux sociaux ? La réponse, mes petits amis, est un non négatif.

Il traça en majuscules les trois lettres dans l'air, et un silence éloquent s'installa autour de la table.

— Si c'est ça la formule « Platine love », je me demande ce que tu sers dans la formule discount.

***

— Je suis désolé de devoir l'admettre, mais Siri m'a lâché sur ce coup-là. Ce type est un tocard, se désolait Oscar.

Vincent mangeait les chips à même le paquet tout en fixant l'écran de télévision sans savoir quel programme s'y jouait. L'interphone émit un grincement et Tim se déplaça jusqu'à l'entrée.

— C'est Mina ! s'exclama-t-il.

Vincent leva un sourcil, sa mère ne passait que rarement le voir. Elle détestait les transports en commun et on lui avait confisqué son permis de conduire pour des excès de vitesse à répétition.

— Mina ?

— Et on dirait… continua Tim en approchant son œil de l'écran minuscule, qu'elle a des valises…

Vincent délaissa le canapé pour constater que Tim disait vrai. Plusieurs coups se succédèrent avant que Mina ne décide de laisser son pouce appuyé sur la sonnette. Conscient que de nouveaux ennuis se présentaient, Vincent se dirigeait vers la cage d'escalier quand son téléphone vibra. Il le consulta machinalement et se retint de pousser un cri fort peu viril en découvrant la teneur de la notification.

Tout va bien ? Je m'inquiète. Léa

— C'est quoi cette tête, tonton Vince ? T'as une crise hémorroïdaire soudaine ?

Vincent, qui avait définitivement fait une croix sur les concepts de fierté et d'intimité, tendit son portable à Oscar, qui eut un sourire diabolique.

— Eh ben ! siffla-t-il. On dirait que les affaires reprennent, mon petit pote !

***

Oscar, Tim et Vincent se tenaient les bras ballants dans l'entrée. Les cinq imposantes valises que le chauffeur du Uber avait charriées jusqu'au hall de l'immeuble gisaient à leurs pieds. Mina, quant à elle, se rafraîchissait d'un Perrier en soupirant haut et fort, avec un air de *drama queen.*

— Quand tu dis quelque temps, tu penses à combien de jours précisément ? osa Vincent.

— Ah ça ! Si je le savais ! Quel malheur !

— Je ne comprends pas pourquoi tu ne m'as pas prévenu.

— Tu aurais râlé de toute façon !

— Et ton assurance ? Elle ne prendrait pas en charge un hôtel le temps des réparations ?

— Tu enverrais ta mère à l'hôtel ? Pendant les fêtes de Noël ? Dis-moi que tu plaisantes, mon petit Vincent ! Vous le croyez, les enfants ? Il enverrait sa mère à l'hôtel pendant les fêtes !

Tim et Oscar, désireux qu'ils étaient de ne pas prendre part à l'échange houleux, disparurent dans le couloir.

— Je n'ai plus toute ma tête, que veux-tu... se lamentait Mina.

Vincent, qui connaissait la propension de sa mère à verser dans le mélodrame, leva les yeux au ciel.

— Bien sûr que tu as toute ta tête.

— En tout cas, je n'ai pas fermé le robinet en descendant au local à poubelles. Puis, arrivée au local à poubelles, je me suis dit que j'allais en profiter pour aller acheter une baguette, une pas trop cuite, grand siècle, ils les appellent. Tu sais que je les aime pas trop cuites, les baguettes, bref. Ensuite je suis tombée sur M. Lenez et on a bavardé un moment. Résultat, dégât des eaux dans ma face.

— Dans ta face ? s'exclama Vincent.

Mina balaya l'air étonné de son fils d'un geste de la main.

— C'est Oscar qui dit ça, je crois. Quoi qu'il en soit, le temps de tout remettre en état, je suis SDF. J'ai prévenu ta sœur que nous ferions Noël ici. D'ailleurs, il paraît qu'elle boit des cocktails du tonnerre, j'espère qu'elle demandera les recettes à ce barman.

— Ah oui, c'est réglé donc... abdiqua Vincent.

— Oui, ne t'inquiète pas ! sourit Mina. J'ai même réussi à joindre Nico ce matin, lui et Marion seront des nôtres. Tiens, je t'ai apporté un cactus.

— Mais tu es consciente que l'appart est tout petit ! tenta Vincent en ouvrant les bras et en tournant sur lui-même.

— C'est dans les vieux pots qu'on fait les meilleures soupes ! décida Mina d'un ton sans appel.

D'expérience, Vincent savait que lorsque sa mère usait d'expressions mal à-propos il ne servait à rien d'en rajouter : en plus de ses neveux, il récupérait sa mère septuagénaire pour une durée indéterminée. Malgré tout, il se sentait plus léger qu'il ne l'avait été ces derniers mois, voire joyeux. Léa s'inquiétait de son silence, et s'il s'y prenait intelligemment, le plus beau des Noëls se profilerait.

— Je ne sais pas par où commencer, reprit soudain Mina.

Vincent sortit de sa torpeur, un brin anxieux. Elle se dirigea vers la plus grosse valise et entreprit de l'ouvrir avec l'aide des enfants revenus dans le périmètre désormais sécurisé. Les serrures claquèrent et d'éclatantes guirlandes dorées et multicolores jaillirent du bagage.

— Je n'allais tout de même pas partir sans mes décorations ! Maintenant, mon chéri, tu vas te dépêcher d'aller me chercher un sapin.

***

Candice n'avait pas caché son amusement lorsque, plus tôt dans la journée Vincent était venu demander à Rémi qui lui avait fourni son Norman.

— Depuis quand tu mets un sapin dans ton appart, monsieur je n'aime pas Noël ? s'était moquée la serveuse du Blanche.

— Depuis que ma mère squatte chez moi.

— En plus de tes neveux ?!

— En plus, oui ! C'est quasiment la soupe populaire chez moi…

— Cela dit, Nico n'est plus là, tempéra-t-elle.

— Plus là, plus là… Ma mère l'a invité à revenir histoire d'établir un record, j'imagine.

Oscar et Tim occupant l'ancienne chambre de Nico et Mina la sienne, Vincent avait investi le canapé-lit. Un sapin bien trop gros pour son type deux clignotait dans l'entrée, mais il avait beau y mettre toute son exaspération, les efforts que déployait sa mère pour qu'un semblant d'esprit de Noël flotte dans son petit appartement le faisaient sourire.

Dans le halo bleuté que diffusait son écran de Smartphone, Vincent lisait et relisait les messages de Léa. Il ne se lassait pas de l'imaginer en train d'écrire ces quelques lignes. Était-elle allongée dans son lit, angoissée dans les transports en commun, ou encore plongée dans sa baignoire, à rêver de lui ? Léa. LÉA. Elle lui manquait tant. Que lui répondre ?

— STOP !

Vincent balança le téléphone, comme pris en faute.

— T'allais écrire des conneries, je le sais ! File-moi ce téléphone, je te le rends demain matin, intima Oscar.

Tim se tenait un mètre derrière lui.

— Vous allez réveiller Mina, chuchota Vincent.

— Vu comme elle ronfle, je ne crois pas, non, railla Tim.

— Mais je dois répondre quelque chose, supplia Vincent, elle s'inquiète.

Les deux frères échangèrent un regard moqueur.

— Pauvre bichette, elle se fait du mouron, railla Oscar.

— Vu ce qu'on a payé Brad-Jean-Mi, il nous donnera son avis demain, OK ? suggéra Tim.

Vincent, battant en retraite, laissa sa tête choir sur l'oreiller.

— OK…

Le téléphone bipa encore dans les mains de Tim. Il lut à voix haute.

J'aimerais te parler. 14 heures au Blanche ? Léa

— Ouais, on va attendre l'expertise de Jean-Mi, décida Oscar en empochant le Smartphone. D'ici là, c'est dodo, tonton Vince.

Il disparut dans le couloir sans rien ajouter, son frère sur les talons. Vincent sourit dans l'obscurité. Léa voulait le voir… Il savait pertinemment qu'il lui serait impossible de trouver le sommeil : les choses avançaient enfin.

***

Aux premières lueurs du jour, Oscar avait appelé Brad en lui ordonnant de les rejoindre. Le *love coach,* qui tournait autour du sapin en se frottant le menton où se battaient quelques poils, s'arrêta pour saisir la tasse de café que Mina lui tendait.

— Étonnant… Je dirais même troublant.

Il relut une fois de plus les messages de Léa.

— Vous me jurez que vous ne lui avez rien envoyé de votre côté ?

Vincent fit non de la tête.

— Croix de bois, croix de fer ?

Vincent, perplexe, dévisagea le coach.

— D'accord, d'accord, je vous crois.

Brad posa un index sur ses lèvres.

— Vous n'avez pas non plus fait appel à un marabout, n'est-ce pas ?

Le visage de Vincent prit une curieuse teinte violacée qui n'augurait rien de bon.

— T'as quand même un grain, Jean-Mi, coupa Oscar en forçant son oncle à se rasseoir. Alors, Vincent doit agir comment maintenant ?

— Eh bien, il va se rendre au rendez-vous et la laisser parler. Elle veut parler, qu'elle parle. Lui doit rester totalement mutique, pas un mot.

— Bonjour, quand même ? railla Vincent.

— Tout juste. Et il faudrait que vous repartiez du rendez-vous sans rien avoir dit.

— Ça paraît être un plan génial… Comme ça elle va se dire que je suis sain d'esprit, c'est certain, s'emporta Vincent. Vous me gonflez, vous savez ! Tous, et très sérieusement.

— Vincent, Vincent, gardez votre calme ! tenta Brad.

Vincent attrapa l'exemplaire d'*Orgueil et Préjugés* que Brad avait encore sorti et le fit voler à travers la pièce.

— Chouchou, ne t'emporte pas comme ça ! intervint Mina qui observait la scène avec gourmandise.

— Allez, tonton Vince, tu tiens le bon bout là, va pas tout gâcher ! l'encouragea Oscar, qui avait ramassé le roman et griffonnait l'air de rien des obscénités sur la page de garde.

— Tout gâcher ?! Je rêve ! Ça fait des mois que j'espère que Léa se manifeste et il faut que vous squattiez ma tête et mon appart juste à ce moment-là ?

Il fonça jusqu'à la tablette qui gisait sur le canapé.

— Dis, Siri, qu'est-ce que j'ai fait à l'univers pour avoir un karma aussi merdique ?

Il était cette fois écarlate. Sa veine jugulaire palpitait dangereusement à la naissance de son cou.

« Un mauvais karma, suivant les croyances bouddhistes, est le résultat d'un certain nombre de mauvaises actions. L'univers, quant à lui, est… »

— ASSEZ ! hurla-t-il en attrapant son manteau et son téléphone. Maintenant, foutez-moi la paix ! Je vais me rendre à ce rendez-vous et je verrai bien ce que Léa veut me dire !

Ce disant il répondit « OK » au dernier message envoyé par Léa et rangea le téléphone dans sa poche. Il voulait fuir le plus loin possible, peu importe le froid et les flocons qui commençaient à tomber, l'air dans l'appartement était devenu irrespirable.

— Il me semble que, tout de même, je ne l'ai pas élevé comme ça, lâcha Mina alors que Vincent claquait la porte.

***

Vincent marcha une heure sans but dans les rues de Paris, ce qui ne lui était plus arrivé depuis longtemps. Le pont des Arts se couvrait d'une fine pellicule de neige et la Seine coulait, indifférente à la marche du monde et au fil de ses pensées. Les vitrines clignotaient à tout-va tandis que Parisiens et touristes vibraient à l'unisson à l'approche de Noël.

S'était-il montré trop dur envers le coach, et envers ses neveux, lesquels ne faisaient finalement que se préoccuper du sort de leur vieil oncle célibattu ? Et que dire de sa mère qui était… sa mère, invariablement égale à elle-même et désespérément attachiante. Il consulta l'heure à sa montre : il était temps de reprendre le chemin du Blanche où il avait rendez-vous avec sa vie.

Le bistro était plus peuplé qu'à l'accoutumée. La neige s'installant sur la capitale, Candice servaient à l'envi chocolats viennois et autres vins chauds. Elle lui adressa un clin d'œil et désigna du menton une table isolée dans un coin de la salle.

Vincent lui fut reconnaissant de l'attention. Rien de plus réconfortant en ce bas monde que se sentir privilégié en certains lieux. Il posa son téléphone devant lui et analysa les messages une fois de plus avant de quitter WhatsApp en panique : Léa apparaissait en ligne et il ne voulait pas être connecté si d'aventure elle se décidait à envoyer un message, ou à annuler leur rendez-vous.

— Tout va bien ? s'enquit Candice en s'approchant.

Conscient que la serveuse avait assisté à toutes les étapes de la débâcle, Vincent n'hésita pas longtemps à vider son sac.

— Léa m'a donné rendez-vous ici.

— Oh… lâcha Candice, je vois.

Il ne savait pas ce qu'elle y voyait, à dire vrai lui-même ne savait qu'y voir.

— Un demi ou un café ?

— Un café, s'il te plaît, souffla-t-il en fixant ses mains posées sur la table.

Il ne perçut pas de mouvement. Vincent releva la tête, Candice n'avait pas bougé, elle l'observait, d'un air mi-attendri mi-dépité. Elle dansa quelques secondes d'un pied sur l'autre avant de s'asseoir sur la chaise vide.

— Ça ne me regarde pas tout ça, Vincent...

Il faillit confirmer, mais quelque chose lui disait que, quoi qu'il en pense, la jeune rousse n'en resterait pas là.

— ... tu ne penses pas que tu devrais remiser tes tactiques et tes plans foireux au placard ?

Il la dévisagea, sans comprendre.

— Ton coach, là, c'est assez pitoyable, et tes neveux sont plutôt choux, mais... Je ne sais pas...

Elle passa un léger coup de chiffon sur une trace imaginaire.

— Tu l'aimes ?

Curieusement la question le laissa perplexe. Aimait-il encore Léa ? C'était une évidence, non ? Ou alors... Non, bien sûr qu'il aimait Léa. Il était amoureux de Léa, il savait qu'elle était faite pour lui, et lui pour elle. Cette évidence l'animait depuis deux ans et il ne pouvait être question d'acharnement ou de fixette.

— Je pense que oui, affirma-t-il.

Candice ne répondit pas, mais esquissa un petit sourire, comme pour faire ressortir les quelques secondes que Vincent avait mises à répondre.

— Oui, reprit-il d'un ton plus assuré.

— Si tu le dis, alors, murmura-t-elle. Dans ce cas, sois sincère. Dis ce que tu ressens, sans excès, sans verser dans le mélodrame ou dans l'euphorie. Et puis, laisse-la exprimer ce qu'elle, elle ressent.

— Tu as raison, admit Vincent en respirant amplement.

— Et il se produira ce qui doit se produire.

Il hocha la tête. Cette fille était la voix de la raison et la Providence l'avait guidée jusqu'à lui juste avant le rendez-vous fatidique.

— De toute façon, je pense que tu sais qu'on ne force personne à tomber amoureux de soi. On ne pilote pas l'esprit des gens, j'en sais quelque chose, lâcha-t-elle.

Vincent arrêta quelques secondes de se focaliser sur son nombril pour observer Candice avec attention. Il n'avait pas remarqué qu'elle était pâle et cernée. Elle restait aussi souriante qu'à son habitude, mais paraissait étrangement lasse.

— Nico a déjà déménagé ? reprit-elle avec une énergie feinte.

— Oui, il a emporté ses derniers cartons et pris ses quartiers dans le 11e.

Candice opina du chef et se releva.

— Je n'ai même pas eu l'occasion de réaliser son départ. Avec Tim, Oscar et maintenant ma mère qui compte pour huit ! lança Vincent d'un ton trop enjoué pour être naturel.

Il avait toujours senti que Candice en pinçait pour son coloc, mais il devait avoir raté quelques épisodes. Nico se rendait souvent seul au Blanche pour des rendez-vous professionnels et il parlait fréquemment musique avec la petite rousse, y avait-il eu plus entre eux que son ami ne lui aurait confié ?

Léa passa la porte alors qu'il n'y était pas préparé. Il la repéra aussitôt, elle était encore plus belle que dans le plus étincelant de ses souvenirs. Elle releva une paire de lunettes de soleil quelque peu incongrue étant donné la météo et flotta littéralement jusqu'à lui. Vincent fut soulagé de constater qu'elle avait l'air détendue. Elle lui sourit en s'asseyant et posa une main sur la sienne en même temps qu'un léger baiser sur sa joue qui le laissa sans voix.

— Merci, souffla-t-elle. Merci d'avoir accepté de venir.

Le téléphone de Vincent vibra dans sa poche, une fois, puis deux, puis quatre. Léa se débarrassa de son manteau et d'un geste sans âme fit signe à Candice de venir prendre sa commande.

— Un thé au jasmin, claqua-t-elle sans la saluer.

— Et un thé au jasmin, répliqua Candice sans s'attarder.

Vincent en profita pour ouvrir ses messages.

Pense Brad

Pense Sean

Pense George

Et vérifie que ta braguette est fermée, tu la laisses systématiquement ouverte.

Vincent rangea l'objet dans la poche de son jean tout en pratiquant la vérification conseillée.

— Tu vas bien ? reprit Léa.

Vincent marqua un temps d'arrêt. Elle n'avait pas l'air dans son assiette. Les rares fois où il avait réussi à rétablir le contact, elle ne s'était jamais souciée de son bien-être. Quelque chose dans ses yeux trahissait une grande fatigue.

— Ça va, s'efforça-t-il de répondre. Pas mal, enfin les fêtes de fin d'année, tout ça.

Elle le dévisagea quelques secondes, comme si elle ne comprenait pas. Vincent, depuis la dernière fois qu'elle l'avait croisé, avait-il intégré l'équipe de lutins du Père Noël, ou celle des rennes, à ses heures perdues ? Elle secoua doucement la tête et disserta ensuite sur le sujet qu'elle maîtrisait le mieux, à savoir Léa elle-même, sa vie, son œuvre. Vincent buvait ses paroles, pas tout à fait sûr de vivre un moment de réalité plutôt qu'un rêve. Tout de Léa le fascinait. Il se surprit à décrocher, la simple présence de la jeune femme en ces lieux le transportait.

— Tu m'écoutes ou bien ?

Il plongea les yeux dans les siens sans toutefois y trouver une réelle affection.

— Enfin, mis à part ça la routine, enchaîna-t-elle.

Elle avança alors son buste et frôla de ses doigts le dos de la main de Vincent. Tout son corps s'électrisa dans la seconde.

— J'ai beaucoup réfléchi à nous deux, annonça-t-elle tout à coup.

Ils y étaient…

***

S'appelait-il encore Vincent ? Habitait-il toujours Paris ? Étions-nous toujours en décembre, ou bien en juillet et sur une plage de Bora Bora ? Le grand brun était tout simplement incapable d'affirmer quoi que ce soit. Léa venait de se lever après l'avoir embrassé et lui avait demandé de prendre le temps de la réflexion. Il ressentait l'envie de sortir du café et de respirer l'air froid à pleins poumons, mais en était incapable. Candice, qui avait assisté au départ de Léa, rappliqua sans avoir l'air d'y toucher.

— Alors ? Il vient de se passer quoi au juste, là ?

Vincent en profita pour mettre de l'ordre dans son esprit. Léa avait fait son *mea culpa*. Elle avait agi comme une peste, ne l'avait pas respecté, s'était tapé plein de salauds pour réaliser qu'au bout du compte, un Vincent valait mieux que deux tu l'auras.

— Ah ouais…

— Quoi ?

— Drôle de déclaration quand même…

— Comment ça ?

— Ben, c'est pas super valorisant, quand on y réfléchit. On n'est pas dans du romantisme pur et dur, quoi…

Vincent soupira.

— Oui, je suis un moindre mal, en gros. Mais bon c'est toujours ça, lança-t-il en surjouant la joie. Je n'en espérais pas tant, à vrai dire.

— Et alors ? C'est quoi, la suite ?

— Je dois réfléchir, j'ai jusqu'à demain.

— Demain pour quoi ?

— Pour décider si j'accepte qu'elle revienne vivre avec moi. Elle n'a plus d'appart, elle a changé de travail et ils lui ont repris son logement de fonction.

Candice regarda Vincent comme si un troisième œil lui poussait sur le front.

— Tu déconnes, là ?

— Quoi ?

— Non, mais tu plaisantes ? Ohé ! Il y a quelqu'un, là-dedans ? reprit-elle en le secouant par l'épaule.

La petite rousse ne cachait plus sa colère.

— Mon pauvre, elle t'aura tout fait… Et toi, tu vas encore te jeter dans la gueule de la louve, pieds et poings liés.

Elle haussa les épaules, puis sursauta en entendant son téléphone sonner.

— Excuse-moi, je dois répondre, dit-elle en examinant l'écran.

Elle décrocha tout en se tournant. Dans la seconde, ses épaules s'affaissèrent de quelques centimètres. Bientôt Vincent réalisa qu'elle s'était mise à pleurer doucement. Elle se détourna tout à fait avant de disparaître en cuisine.

Vincent se sentit totalement idiot. Plus tôt déjà, il comptait demander à Candice ce qui la préoccupait. Elle avait toujours un mot pour chacun des clients, une attention, un geste. Cette fille était une perle. Au même moment, Rémi émergea des coulisses du Blanche et se mit à débarrasser quelques tables.

— Dis, Rémi, ça va, là-dedans ? s'enquit Vincent en désignant la cuisine.

Rémi leva un sourcil comme on lève un chapeau et sourit tristement.

— Il y a des jours sans… se contenta-t-il de dire.

***

Vincent choisit de faire le même périple que plus tôt dans la journée. Il traversa la Seine en empruntant le pont des Arts, longea les quais, chemina autour du Louvre, puis du Palais-Royal. Il traversa ensuite les Tuileries. Les chaises étaient blanches, les bassins gelés, Paris était magnifique. Paris était magnifique et Léa voulait revenir vivre avec lui. Elle avait appris que Nico emménageait avec sa fiancée et qu'ainsi la voie était libre. Paris était belle, lisse et sauvage à la fois, et Vincent vivait depuis deux ans avec le spectre d'une relation. Depuis deux ans, il ignorait ce qui animait ses amis, sa sœur, ses neveux, sa mère, Candice et tous les autres. Il était devenu épouvantablement autocentré et se sentait perdu.

Son téléphone était en feu à force de notifications et appels, ses complices d'un temps, n'y tenant plus, le harcelaient et le pressaient de répondre. Oscar en était à le menacer de changer les serrures. Bientôt il serait mis à la porte de chez lui.

Comment prendre une décision alors que son propre avenir se trouvait suspendu au bon vouloir de Léa depuis si longtemps ? Léa l'avait ému, troublé, il avait entrevu au Blanche celle dont il était tombé amoureux des années plus tôt. Elle avait essuyé des échecs, baissait la garde et revenait vers lui en paix. Jamais il n'aurait cru cette éventualité possible.

Alors ?

Il ne put s'empêcher de sourire en découvrant le nouveau message de Léa. Elle l'avait fait tourner en bourrique durant deux ans, lui avait laissé jusqu'au lendemain pour donner sa réponse, mais n'y tenait déjà plus.

***

Mina s'activait en cuisine. Ne supportant pas l'idée d'acheter la bûche de Noël chez le pâtissier, elle se faisait un point d'honneur à rater invariablement la sienne chaque année.

— Moi vivante, vous ne dégusterez pas une bonne bûche ! singeait Oscar en riant.

Tim, dans la matinée, avait fait entrer un vieux chat de gouttière qui traînait habituellement sur le toit-terrasse car il refusait qu'il passe le réveillon sous la neige.

— Parce que tu trouvais qu'il manquait un chat à tout ce bordel ? pesta Vincent sans se décider pour autant à repasser l'animal par la fenêtre.

Sur le canapé, Nico et Oscar se prenaient une raclée en bonne et due forme. Marion, conceptrice de jeux vidéo de profession, ne laissait rien passer à *Fifa World* et la mauvaise foi de l'adolescence n'y pouvait rien.

Une Coralie bronzée au troisième degré avait passé le seuil de l'appartement le matin même, les bras chargés de cadeaux pour se faire pardonner son absence. Bien décidée à reproduire les cocktails qu'elle avait consommés en hectolitres, elle disputait la petite cuisine à sa mère.

— Arrête où tu n'en auras pas ! lançait-elle à une Mina qui maugréait dans son coin, qu'elle n'avait pas élevé sa fille pour que celle-ci la menace de la priver de cocktails.

Vincent se posta sur un pouf tout à côté du sapin. Il s'imprégnait des scènes de vie variées qui se jouaient autour de lui, essayant de tromper le temps. Il lui fallait dompter ses émotions, mais son palpitant ne l'entendait pas de cette oreille. Il ne vit pas Oscar se rapprocher.

— Tu l'aurais regretté de toute façon, tonton Vince.

Vincent répondit par l'affirmative à son neveu. En quelques jours il en avait appris plus sur lui qu'en dix ans. La sonnette retentit de son grésillement si désagréable et tout le monde pesta. Vincent respira un grand coup. Oui, il avait pris sa décision et il fallait désormais l'assumer pleinement. Il pressa sur la gâchette de l'interphone.

— Je monte !

Des flashs des dernières heures se succédèrent dans sa conscience et déjà on sonnait à la porte. Sur le palier, il trouva deux grosses valises esseulées et s'avança sans distinguer personne. Des bruits dans l'escalier lui parvinrent à nouveau, puis la silhouette de Rémi se dessina dans la montée d'escalier.

— Et voilà, le travail ! lança le moustachu.

Il tapota l'épaule de Vincent.

— T'es un bon petit gars, tu le sais, ça ? Ma pauvre Candice, foutue à la porte de sa sous-location la veille de Noël.

Vincent sourit, et bientôt Candice apparut derrière son patron. Vincent lui prit une valise des mains, et d'un geste désigna l'entrée de l'appartement.

— Bienvenue chez toi, coloc.

Candice, les yeux humides, lui sauta au cou avant de se ressaisir.

— Merci. Merci mille fois, Vincent.

— Il y a Nico et Marion, j'espère que ça ne te gêne pas…

— Me gêner ? reprit Candice. Je n'ai jamais vu Nico comme un petit ami potentiel, lui…

Elle regarda Vincent du coin de l'œil, avant de foncer dans l'appartement. Vincent sentit ses joues s'empourprer.

— Rémi, vous prendrez bien un cocktail, lança Mina en kidnappant le moustachu.

Vincent ferma la porte derrière sa famille élargie. Elle était bancale, recomposée, mais il les appréciait tous et tous tenaient à lui. Il observa son téléphone un moment avant de le mettre sur mode avion. Ceux qui comptaient pour lui se trouvaient dans les quarante mètres carrés de son appartement.

La veille, il avait souhaité à Léa une bonne continuation. Elle était alors entrée dans une rage folle, ce qui n'avait fait que confirmer son intuition. Dans la foulée, Vincent avait effacé leurs différents historiques sur les réseaux et sur son téléphone.

Le chat, en tirant sur une guirlande électrique, fit basculer le sapin ce qui entraîna une coupure de courant. Mina clama haut et fort qu'il n'y avait pas à s'en faire, car sa bûche était parfaitement carbonisée. Pas de doute, Vincent se sentait exactement là où il devait être. Dans cet appartement trop exigu pour tous les fous chéris qui peuplaient sa vie.

NUIT BLANCHE AU MAGASIN DE JOUETS

Noël 2018

Adèle Bréau

24 décembre 2018, 15 h 34

— J'en ai quatre. Trois gros, et ces peluches, là. Vous avez des pochettes ?

— Non non, c'est bon, donnez. Je vais vous les emballer.

— Mais vous êtes sûre ? Comment vous allez faire pour les peluches ? Je veux les deux ensemble, hein. L'ours ET le pingouin. Et à transporter, ça va être compliqué. Il ne faudrait pas que le papier se déchire.

— Ne vous inquiétez pas, j'ai l'habitude.

Ils avaient établi un roulement. Sophie avait fait les paquets le 22 et pris les rayons le 23. Aujourd'hui, elle était à la caisse. Maxime avait pris les rayons le 22 et fait les paquets la veille. Lara avait abdiqué et accepté le pire aux yeux de ses collègues : s'occuper des paquets cadeaux le jour de Noël. Mais elle aimait bien. Tirer le joli papier argenté, arracher d'un coup sec une grande feuille bien nette, qui claquait comme une voile au vent, et venait enrober le jeu qui apparaîtrait aux yeux ébahis des enfants quelques heures plus tard. Corner les bordures, scotcher, et ajouter un mignon bolduc qu'elle faisait friser avec le même bonheur qu'il y a quinze ans, lorsque sa mère lui avait appris à emballer les cadeaux.

Ce matin, ils avaient tous été briefés par Matthieu, leur « boss ». Tu parles, il jouait les cadors parce qu'il en était à sa troisième saison ici, mais personne n'avait peur de lui. Et puis, à force de leur crier dessus et de faire son commandant, c'était idiot, il n'avait aucun ami. Ses pauses déjeuner, il les passait seul, enfermé dans son bureau, à comptabiliser le nombre de Monopoly écoulés, à recommander des Puissance 4, des cartes Pokémon et des toupies Beyblade. Avec Maxime et Sophie, ils rigolaient bien, se moquaient gentiment de ce chefaillon de réveillon, se racontaient leurs chagrins, leurs études, bref tout ce qui était leur vie, la vraie, quand ils ne bossaient pas dans ce magasin de jouets qui les employait à plein-temps pendant les fêtes de Noël et un samedi sur deux le reste de l'année.

Lara habitait à une centaine de mètres de la boutique, dans un petit studio qu'elle partageait avec une fille rencontrée à la fac de droit, une certaine Émilie, qui l'horripilait mais avait l'avantage de payer les deux tiers du loyer, proportionnellement à la taille de sa chambre, bien plus grande que la sienne. Un matin, alors qu'elle descendait vers le métro, elle était passée devant la devanture de l'immense magasin qu'elle ne regardait jamais. Les Playmobil, les Lego et les tricycles ne l'intéressaient pas plus que ça, mais une affichette annonçait « cherche vendeuse ». *C'est sympa, de bosser dans un magasin de jouets*, s'était-elle dit, *c'est "feel good"*. En tout cas certainement plus que travailler comme opératrice dans un institut de sondages, serveuse dans un bar à madeleines désert ou hôtesse pour des foires à la saucisse organisées à l'aube le dimanche dans les centres commerciaux de villes dont elle n'arrivait même pas à prononcer le nom. Lorsqu'elle avait été convoquée, elle était tombée sur Matthieu, l'arrogance faite homme. Du haut de ses vingt-quatre ans, fort de sa préparation à l'agreg de philo et de ses trois années d'expérience en magasin, il l'avait toisée, mise mal à l'aise avec ses questions du type « quelles sont vos qualités, quels sont vos défauts », avant de l'interroger sur l'industrie du jouet – à laquelle elle ne connaissait rien –, sur son rapport aux enfants – proche du néant, si ce n'est quelques baby-sittings dix ans plus tôt chez ses atroces petits voisins qui la détestaient, et réciproquement – et sur sa disponibilité, avant de la rappeler quelques jours plus tard, contre toute attente, pour lui proposer le poste. Depuis, Lara se rendait avec bonheur dans ce lieu devenu familier. Elle connaissait sur le bout des doigts les noms de tous les fabricants, ceux des best-sellers, et même les règles du jeu les plus tordues de nouveautés que les éditeurs sortaient à qui mieux mieux, espérant chaque fois inventer le nouveau Uno.

C'était son premier Noël au magasin. Depuis le mois de novembre, elle avait enchaîné tous les week-ends et venait tous les jours depuis la mi-décembre. Si le rythme était intense et l'avait forcée à mettre radicalement de côté ses révisions pour les partiels de janvier, la paie était au rendez-vous. Et puis, elle aimait cette ambiance particulière que Sophie trouvait « juste cauchemardesque ». La musique de Noël en boucle dans les oreilles du matin au soir, la foule qui afflue dès les premières heures, gonfle pendant le déjeuner, se calme dans l'après-midi pour gronder à nouveau en fin de journée, comme des vagues humaines, quand bien même elles étaient formées par des clients paniqués, fatigués, souvent exaspérés par l'attente, la chaleur et leur quête impossible du jouet en rupture de stock depuis des semaines.

Non, Lara ne se départait jamais de son sourire et de ce calme de maître yogi que lui enviaient ses collègues.

— Lara, qu'as-tu fait des Hippos Gloutons ?

— Quoi ?

— Les Hippos Gloutons, il en restait deux ce matin dans la réserve, ils ne sont pas en rayon. C'est bien toi qui te chargeais des mises en place, non ?

— Pas du tout. Je suis de paquets, aujourd'hui, comme tu le vois.

— Eh bien, tu viendras dans mon bureau quand tu auras fini avec ta cliente. Je dois te parler.

— Mais… et la queue ?

— Demande à l'extra de te remplacer.

— Tu parles de Céline ?

— Sûrement, je ne connais pas son prénom.

— Mais… je ne sais même pas si elle a eu une formation…

— Je t'attends dans mon bureau.

D'accord, son calme olympien pouvait être ébranlé par une seule personne… Matthieu. Ce qu'il pouvait être insupportable ! Il voyait bien qu'il était seize heures, que la file faisait cent mètres de long et que ça n'était pas le moment, non ? Qu'est-ce qu'on en avait à fiche, de ses rhinos boulimiques ? Et puis, il ne pouvait pas les chercher, lui ? Parfois, elle avait envie de lui balancer ses quatre vérités, voire de lui balancer son uniforme tout court, parce que non, vraiment, supporter ses coups de sang tyranniques de manager en papier crépon, elle n'en pouvait plus. Pourtant, Lara fit signe à Céline, lui montra aussi vite qu'elle put les premiers gestes et fonça, bonnet de Père Noël vissé sur la tête et gilet inesthétique de l'enseigne chevillé au corps vers le bureau de Mat la Menace.

— Oui ?

— C'est moi.

Il ne leva même pas les yeux de son écran, aussi dut-elle s'avancer dans le silence de la petite pièce encombrée de cartons, de vieux kakemonos publicitaires et d'objets divers plus ou moins cocasses trouvés dans les rayons, gisant un peu partout dans ces six mètres carrés sombres qui servaient de salle de torture au personnel.

— Je ne sais pas où ils sont.

— Quoi donc ?

— Eh bien… tes Hippos Gloutons.

— Ah, ça ! Maxime les a retrouvés. Enfin, c'est lui qui les avait mal rangés.

— Mais… et donc ?

— J'ai besoin que tu m'aides.

— Et moi que tu t'excuses.

— Pardon ?

— Tu as vu comment tu m'as parlé devant tout le monde ? Alors que je n'avais rien fait, en plus.

— Je t'ai parlé comment ?

— Comme tu le fais toujours. Avec suffisance, irrespect… enfin, tu sais.

— Mmh… excuse-moi.

Il avait dit ça toujours sans lever les yeux, d'un ton égal au reste de la conversation, bref sans une once de contrition. Si elle avait pu, elle l'aurait assommé avec son ordinateur portable débile. Elle n'eut pourtant pas le temps de réfléchir à une manière douloureuse et cruelle de lui faire payer ses affronts puisqu'il enchaîna rapidement sur ce qui semblait réellement le préoccuper.

— Je vais devoir le faire.

— Faire quoi ?

— Le Père Noël.

— C'est-à-dire ?

— Le type qui s'en chargeait est parti. Fâché. Un sale mec. Il ne supporte pas la critique. Je lui ai juste signalé qu'il pourrait sourire un peu plus, et éviter de fumer devant le magasin en costume.

Lara étouffa un fou rire nerveux.

— Et donc… Tu t'es dit que la personne souriante et joviale qui pourrait le remplacer c'était… toi ?

— Tu vois quelqu'un d'autre ?

— Non… Et donc, en quoi puis-je t'aider ?

— Je n'arrive pas à fermer la fermeture Éclair de ce truc.

En disant ça, il s'était levé de son siège, révélant ses jambes déjà engoncées dans l'épais costume de velours rouge, les manches pendant lamentablement le long de ses cuisses. Après un soupir, Lara décida que plus vite elle en finirait, plus vite elle rejoindrait son poste réconfortant, pourrait reprendre ses échanges avec des êtres normaux et joyeux, et si possible aboutir bientôt à la fin de cette journée qui la conduirait en un lieu chaleureux, familial et clignotant, aux bonnes odeurs de sapin, de cannelle et de chapon rôti, bref, en un lieu diamétralement opposé à celui-ci. Alors elle s'approcha et fit se tourner Matthieu, visiblement gêné de ce rapprochement physique et de l'humiliante posture dans laquelle il se trouvait. Lara, elle, jubilait en son for intérieur. Il ne l'avait pas volé. En un clin d'œil, il fut totalement enveloppé dans son costume, lesté du faux ventre intégré, et se tourna vers elle.

— Tu me passes la barbe ?

— Bien sûr, ça va être splendide. Ah, et n'oublie pas ton bonnet, Papa Noël.

— Oh, ça va.

— Attends…

En pouffant, elle fit un pas en arrière et l'admira ostensiblement.

— Tu es par-fait ! Attends, souris…

Elle sortit son portable et le brandit en jubilant.

— Si tu fais ça…

— C'est dans la boîte !

— Je t'interdis de…

— Remercie-moi plutôt. Sinon j'en fais des impressions grandeur nature et je les scotche dans tout le magasin.

— Mmh… Merci.

— Ah quand même ! Bon, je te laisse te jeter dans la fosse aux lionceaux – prends bien ta hotte –, je retourne à mes paquets. Et joyeux Noël, boss !

Elle partit sans demander son reste, gloussant toujours en pensant aux sourcils froncés et à l'allure surréaliste de Matthieu la Terreur perdu dans son manteau rouge. Les autres n'allaient pas en revenir, il fallait qu'elle les prévienne. Si ça, ce n'était pas un miracle de Noël ! Et encore, elle lui avait épargné la photo postée sur les réseaux sociaux, mais elle se gardait une cartouche en cas de nouvel abus de pouvoir intempestif.

***

18 h 14

La fin de l'après-midi fut un tourbillon de papier plié, d'étiquettes décollées, de bolduc frisotté et de jeux réclamés – l'année prochaine, elle ferait un stock des jouets les plus courus et ferait fortune en les revendant sous le manteau aux acheteurs de dernière minute, manifestement consentants pour acquérir leur bien à n'importe quel prix, fût-il celui d'un voyage pour deux à la Barbade. Les chants de Noël continuaient de retentir joyeusement entre les murs du magasin peinant à contenir le flot de clients rendus hystériques par l'événement, et Lara savourait sa chance de s'adonner à cette activité somme toute très automatique qui la consignait en un lieu et une tâche qui requéraient moins d'efforts que ceux qui étaient demandés à Maxime. Celui-ci courait entre les rayons, ramassait péniblement les jeux de société abandonnés au milieu des hochets ou les poupées parlantes entre les peluches, tout en tentant de semer des parents ivres de rage et de désespoir, le tout avec le sourire et le gilet collant au corps dans la chaleur des allées encombrées. Quant à Sophie, Lara pouvait apercevoir ses jolies joues rebondies couvertes de ces petites plaques rouges qui les envahissaient lorsqu'elle était réellement surmenée, ou quand elle attendait un texto de Paul, ce qui était une tout autre histoire. Elle la voyait biper avec frénésie, scrutant quand elle le pouvait l'horloge qui ne se décidait pas à afficher enfin dix-neuf heures, moment auquel les malheureux retardataires se retrouveraient sur le trottoir face à une porte close. De temps en temps, Lara se faisait un petit plaisir en lorgnant du côté de la rue, et de Matthieu suant sous sa barbe synthétique, posant pour des centaines de selfies avec des gamins ébahis dans le meilleur des cas, circonspects le plus souvent, voire carrément odieux, qui lui faisaient des grimaces ou tiraient sur son bonnet pour prouver à leurs petits frères et sœurs qu'il s'agissait d'un vendeur de magasin déguisé et évidemment pas du « vrai Père Noël ». C'était assez hilarant.

Et puis vint le moment où Sophie annonça au micro que le magasin allait bientôt fermer ses portes, que tous les clients étaient attendus pour un passage en caisse et joyeux Noël à toutes et à tous.

Quelques cris se firent entendre, mais peu à peu, la file d'attente diminua enfin, jusqu'à l'ultime client qui repartit les larmes aux yeux d'avoir dégoté le dernier Time's Up! de la ville.

— Ouah, j'ai bien cru que j'allais en emplâtrer un dans le panier de basket !

Maxime balança son gilet sur l'établi de Lara, vidé. Sophie lui emboîta le pas, secouant ses mains paralysées d'avoir tant bipé. Fred, le vigile, les rejoignit, avec cet air impassible qui ne le quittait jamais, qu'il soit en service ou en « civil ».

— Quelle journée ! On se fait une petite coupe de champagne ? proposa Lara, qui avait dans la réserve son gros cabas rempli des victuailles commandées par sa mère, et notamment deux bouteilles de Veuve Cliquot.

— C'est gentil, mais Sabine m'attend. Si on arrive en retard chez ses parents, ça va être ma fête. C'est notre premier Noël là-bas, et déjà que son père me déteste…

— Moi aussi, je dois y aller. Il faut que je repasse chez moi me doucher, je ne peux pas y aller dans cet état.

— Bon… Eh bien, je crois que je vais plier bagage également. Fred, toi non plus ?

— Eh non, princesse, ma fille attend de pied ferme ses mosaïques et ses paillettes à coller pour pouvoir en parsemer toute la baraque. Allez, dépêchez-vous, je dois fermer derrière vous et mettre l'alarme. Un soir comme celui-là, un père de famille serait bien capable d'entrer par effraction et risquer la prison à vie rien que pour mettre la main sur des Ninjago.

Sophie, Maxime et Lara s'activèrent pour ranger leurs postes de travail pendant que Matthieu finissait certainement de faire la comptabilité dans son bureau sinistre. Fred, lui, fumait des cigarettes sur le trottoir, impatient de quitter l'encoignure où il passait tant d'heures à fouiller les sacs et sermonner ceux qui empruntaient la mauvaise entrée. Enfin, ils eurent tous les trois fini. Lara prit son manteau et tira derrière elle la porte de la remise, jetant un coup d'œil au bureau du boss, vide.

— Il est parti, Matthieu ? demanda-t-elle à ses collègues s'engouffrant dans le froid.

— Sûrement, oui. Tu ne l'as pas vu là-haut ? interrogea Sophie la tête dans son portable, écrivant frénétiquement des textos à son mec qui la bombardait toujours de questions dès la fermeture pour savoir ce qu'elle faisait, où elle en était et à quelle heure exactement elle pensait être là.

— Sympa… Un « joyeux Noël », ça lui arracherait la bouche ?

— Laisse tomber. Tu ne le changeras pas, répondit sa collègue sans lever les yeux de son écran.

— Oh, mais loin de moi cette ambition. Je dis juste qu'on frise la grossièreté, là.

— Tu te prends la tête. Oublie-le et passe une bonne soirée. Bon, je fonce, moi.

— Moi aussi, sinon vous me retrouvez célibataire ou au fond de la Seine au retour des vacances, leur lança à son tour Maxime.

— Allez, file !

Fred semblait de plus en plus impatient, lui aussi, de plier bagage.

— Zuuuut !

— Quoi ?

— J'ai oublié mes cadeaux là-haut. Fred, tu me files la clé ?

— T'exagères, Lara ! Le taxi m'attend, il arrive dans vingt secondes. Et la petite est à la gare avec sa mère, on a notre train à 20 h 04 !

— Laisse-les-moi, je fermerai.

— Tu ne sais pas faire !

— Mais si, je sais quand même utiliser une serrure.

Fred marqua un temps d'hésitation, mais à cet instant une voiture klaxonna. Finalement, il jeta les clés à Lara tout en courant vers le véhicule, affolé.

— Je te fais confiance ! Et remets bien l'alarme ! 2412 !

— Pas de soucis ! Joyeux Noël !

Mais il était déjà loin, comme Maxime et Sophie qui avaient rapidement disparu, chacun de leur côté, dans la nuit scintillante. Dans les rues, les guirlandes rappelaient à tous que, dans quelques heures, les plus jeunes vivraient des moments qui marqueraient à jamais leur vie pendant que leurs aînés tenteraient d'éradiquer la malédiction annuelle de la crise de foie, et ces deux kilos souvenir qui marqueraient à jamais leur année. Lara resta quelques minutes à contempler ce décor enchanté. Elle laissa le murmure de la ville l'envahir, l'odeur des marrons brûlés l'envelopper, le froid piquant de l'air sec de décembre pincer ses joues roses. Puis elle prit conscience du temps qui passait, verrouilla par sécurité la porte derrière elle et fonça dans les étages.

***

19 h 47

Le silence était quelque peu inquiétant. Après ces heures passées dans un brouhaha assourdissant, le contraste ajoutait à l'anxiété de la jeune femme. Elle devait accélérer, respirer un bon coup, ne pas se laisser impressionner et vite rentrer chez elle. Son sac était énorme. Entre les saucissons, les fromages, les deux bouteilles de champagne et les cadeaux de chacun, Lara se demandait comment elle parviendrait à se dégoter une place dans le métro bondé sans que son butin finisse en smoothie de Noël. Elle parvint tout de même à charger le tout sur une épaule, à enfiler la lanière de son sac à main sur l'autre, alors qu'elle était déjà couverte comme un oignon, suant sous son bonnet enfoncé jusque sur les oreilles. Puis elle ferma la porte du bout d'un index disponible. Le couloir était sombre, et la minuterie tout au bout, près de l'escalier. *Respire, tout va bien se passer.* Pourtant, si Lara tentait de garder son calme, une angoissante impression de ne pas être seule l'étreignait. Tout en avançant à petits pas pour ne pas tomber, il lui semblait bien entendre comme un grattement. Mon Dieu, c'était certainement des rats, ou tout autre animal qui l'effrayait tant. *Ne pas penser au rat s'accrochant à mes mollets, ne pas visualiser les poils de la souris, ne pas envisager de blaireau ou autre mulot me faisant face en haut des marches avec ses grandes dents pointues…* Lara transpirait à grosses gouttes sous la laine tricotée lorsqu'une lampe torche se braqua subitement sur elle. Elle laissa alors tomber tout son attirail et poussa un hurlement que n'auraient pas renié les talentueuses comédiennes des films d'horreur des années quatre-vingt.

— AAAAAAHHHHHHHHHHAAAAAaaaaaahhhhhAHHHHHHH !

— MAIS QU'EST-CE QUE TU FICHES LÀ ?

— AAAAAAHHHHHHHHHHAAAAAaaaaaahhhhhAHHHHHHH !

— Mais chuuuut !

— AAAAAAHHHHHHHHHHAAAAAaaaaaahhhhhAHHHHHHH !

— LARA ! C'est moi !

— Hein ?

Lara haletait, les paumes plaquées sur ses yeux, roulée en boule, sans oser lever la tête. Toutefois, aussi improbable que cela puisse sembler, la voix qui lui parvenait, qui aurait pu en d'autres circonstances la tétaniser plus encore, la rassura.

— Matthieu ?

— Bah... Oui. Qui d'autre ?

— Je ne sais pas, un voleur, un assassin, un... rat.

— Merci. Non, ce n'est que moi. Qu'est-ce que tu fais encore là ?

— J'ai oublié mon sac, c'est interdit ?

— Toujours aussi tête en l'air.

— Bon, je me passerai de tes petites remarques pour ce soir, si tu veux bien.

Elle reprit son souffle et se redressa.

— Allez, joyeux Noël.

— C'est ça. Et ne sois pas en retard mercredi matin.

— Gna gna gna.

Encore toute tremblante, Lara avait murmuré ces petites onomatopées plus qu'elle ne les avait adressées à Matthieu. Il restait son boss, même s'il lui était insupportable. Et elle tenait à ce job, à Maxime et Sophie, aux enfants et à leurs yeux qui brillaient lorsqu'ils repartaient avec les jouets de leurs rêves. En bas, elle se rendit pourtant compte qu'elle n'avait pas les clés pour sortir. Quelle plaie ! Elle allait devoir à nouveau croiser ce rabat-joie. En plus, elle avait horreur des faux départs. Avoir dit au revoir à la cantonade, balancé une petite vanne qui fait mouche, et devoir revenir, penaude, comme un acteur retournant sur scène alors que le public a son manteau sur les épaules.

Zut, où pouvait bien être passée cette maudite clé ? Quelle idée, aussi, d'avoir une clé volante, comme ça. Pas un gros trousseau ou même un porte-clés. Dans son moment de frayeur, elle était sûrement tombée quelque part, mais où ? Au bout d'une dizaine de minutes, Lara finit par retirer son manteau, son bonnet et son écharpe, exaspérée, reprenant de plus belle ses fouilles archéologiques sur le parquet abîmé, en essayant de réprimer ses soupirs désespérés pour que Matthieu ne l'entende pas depuis son bureau – pourvu que sa compta lui prenne du temps, sinon elle était fichue. Mais, une demi-heure plus tard, il apparut finalement, ses Jordan venant se poster juste devant le bout du nez de Lara.

— On peut savoir ce que tu fais ?

— Je... Je cherche les clés, répondit-elle d'un ton un peu trop belliqueux.

— Quelles clés ?

— Les clés... Les clés de la porte du bas.

— Tu veux dire... De la porte principale ?

— Euh… Oui, voilà, principale. La porte, quoi.

— Tu parles de la porte par laquelle nous devons sortir ? Fred est encore là, j'espère.

— Non, il est parti depuis longtemps. Il m'a donné la clé pour que j'aille récupérer mes affaires.

— Ne me dis pas…

— Attends, on va la retrouver. Elle n'a pas pu disparaître comme ça.

— Que tu as égaré…

— Matthieu, s'il te plaît. Ne rends pas la situation encore plus compliquée.

— LA CLÉ DU MAGASIN !

— Je te dis qu'elle n'a pas pu aller bien loin !

— Tu sais l'heure qu'il est ?

— Non, et je préfère ne même pas regarder mon portable pour le savoir. Qu'est-ce que tu crois ? Moi aussi, j'ai envie de rentrer chez moi.

— Non mais, c'est le monde à l'envers ! Tu m'engueules en plus ? C'est moi qui ai réussi à égarer un objet en moins de cinq minutes et une quinzaine de marches ?

— Oh ça va, aide-moi plutôt.

— Est-ce que j'ai le choix ?

— Pas vraiment…

Dans un silence ponctué de râles de lassitude extrême, chacun délimita une zone qu'il inspecta méticuleusement du bout des doigts, soulevant pour la centième fois les quelques cartons ou vieux objets qui auraient pu contenir le précieux Graal. Puis ils intervertirent et décidèrent d'élargir leur périmètre de recherche. Lara partit dans la remise fouiller les objets trouvés. Ça n'avait aucun sens, mais bon Dieu, cette fichue clé était forcément quelque part. Elle avait peut-être sauté contre un mur, ricoché contre un second avant de venir s'abîmer dans cet énorme tas de vêtements et machins abandonnés jamais réclamés par leurs propriétaires, qu'est-ce qu'on en savait ? Des bonnets par dizaines, des gants orphelins, des figurines mâchouillées, des doudous, des pulls, des bouts de trucs à la provenance absolument indéterminée, et même un livre. *Orgueil et Préjugés.* Lara adorait ce roman, un des premiers qui lui ait donné le goût à la lecture, à treize ans, alors que ses parents désespéraient de la voir un jour enfin plonger dans un récit pour le plaisir, et non sous la menace d'un professeur de français ou d'une interdiction de sortie. Elle ouvrit délicatement l'édition ancienne et joliment reliée, à la couverture rouge, et plongea son nez entre les pages, humant l'odeur propre aux livres qui ont traversé les ans. Lara ne put s'empêcher de parcourir quelques passages.

« — *Qu'est-ce qui vous rendait si réservé quand vous êtes venu nous faire visite et le soir où vous avez dîné à Longbourn ? Vous aviez l'air de ne pas faire attention à moi.*

— *Vous étiez grave et silencieuse, et ne me donniez aucun encouragement.*

— *C'est que j'étais embarrassée.*

— *Et moi de même.*

— *Vous auriez pu causer un peu plus quand vous êtes venu dîner.*

— *Un homme moins épris en eût été capable sans doute.* »

— Non mais, je rêve ! Madame bouquine pendant que je cherche comme un malade ?

Lara rougit, et referma prestement le roman.

— Hein ? N'importe quoi. Bon, on laisse tomber, non ? Ça fait une heure qu'on cherche. J'ai envoyé quelques textos à ma famille, mais je doute qu'ils m'attendent plus longtemps. J'imagine que, têtu comme tu es, tu vas vouloir qu'on continue notre quête éperdue, mais si tu pouvais faire une minuscule exception et mettre pour une soirée ta monomaniaquerie de côté, on pourrait récupérer les clés de la sortie de secours et reprendre les recherches lundi ?

— Je pense que tu n'as pas compris.

Lara soupira, impatiente.

— Quoi, encore ?

— Il n'y a pas de plan B.

— Comment ça ?

— C'est Fred qui a tout. Les clés de la porte de derrière et celles de devant, dont un double se trouve chez moi en cas d'urgence. L'urgence n'impliquant évidemment pas que je sois enfermé dans le magasin à cause d'une vendeuse trop étourdie pour faire attention aux autres.

— Tu veux dire que…

— Oui, qu'on est enfermés.

— Et Fred, on pourrait le rappeler ?

— Tu sais bien qu'il avait un train.

— Et merde.

— Tu l'as dit !

***

22 h 17

— On ouvre mon champagne ?

— Mmh ?

— Tu vas tapoter longtemps sur ton téléphone ? C'est hyper désagréable.

— Tu as mieux à proposer ?

— OK, ni toi ni moi n'avons une once d'envie de passer Noël ensemble. Seulement voilà, il semble bien qu'on doive patienter jusqu'à demain. C'est bien ce que t'a dit Fred, non ? Il revient à quelle heure, déjà ?

— Par le train de 10 h 14.

— Et un serrurier ?

— Un 24 décembre ? Tu veux ruiner le magasin et ma carrière ?

Ils avaient déjà évoqué la possibilité d'appeler la police, mais la perspective de déranger une équipe de policiers un soir de réveillon pour une bêtise pareille les avait découragés.

— OK, ça nous laisse donc douze heures ensemble. Si on tient compte du temps de sommeil, ça fait bien quatre heures à tuer l'un en face de l'autre. Tu ne crois pas qu'on pourrait essayer de s'occuper à deux ?

Matthieu leva les yeux de son écran, visiblement intrigué par tant de grivoiserie.

— Tu me fais des avances ?

— Hein ? Ça va pas, non ? Ne prends pas tes désirs pour des réalités ! Je parlais de trinquer, voire de faire un jeu de société, c'est pas ce qui manque, ici. À moins que tu préfères qu'on joue à Fortnite chacun de notre côté.

— Je ne joue pas à Fortnite.

— Ah bon ? Tu fais quoi ? Tu surfes sur Insta ? Haha, tu ne sais peut-être même pas ce que c'est.

— Très marrant. J'imagine en revanche que toi, tu prends plaisir comme tes congénères à partager avec l'humanité tout entière des photos de toi et de ton quotidien passionnant, avant d'aller ensuite suivre celui d'autres individus à l'existence tout aussi incontournable ?

— N'importe quoi.

Matthieu poussa un soupir, retira son blouson et cala sa tête contre le mur.

— J'écris à ma sœur.

— Tu as une sœur ?

— Et pourquoi je n'aurais pas de sœur ?

— Je ne sais pas. Je pensais que tu étais le fruit des amours de quelques forces du mal de bas étage, que tu vivais seul dans un antre troglodyte et que tu étais fils unique, évidemment.

— OK, je sens qu'on va passer une bonne soirée. J'ai eu tort de te parler d'elle.

— Pardon… Je plaisantais. Enfin, on se vanne toujours comme ça, non ?

— Admettons.

— Ta sœur… Elle t'attend pour fêter Noël, c'est ça ?

— Oui.

— Je suis désolée, vraiment. Tu veux que je l'appelle pour lui dire que tout est de ma faute ?

— Non, elle est déjà au courant.

— Ah bon ? Qu'est-ce que tu lui as dit ?

— Qu'une gourde au magasin nous avait enfermés. Qu'elle ne m'attende pas.

— « Une gourde » ?

— Tu vois un autre mot ?

— Bon, je ne sais pas si je vais supporter longtemps ces reproches. Je sais bien que j'ai déconné, mais on ne va pas passer la soirée là-dessus quand même ?

— La nuit…

— OK, la nuit.

Matthieu planta ses yeux dans ceux de Lara. Habituellement, il ne croisait jamais son regard, et Lara découvrit leur forme, en amande, et la profondeur de cette étrange couleur jaune qui était la leur. Sans le vouloir, elle frissonna. Tout ça était ridicule. Il ouvrit, lui sembla-t-il, la bouche comme pour lui dire quelque chose, puis se leva subitement d'un bond, rajustant son tee-shirt blanc. C'était fou comme ce type n'avait jamais froid.

— Allez, ouvre ton champagne. Tu as raison, je vais sacrifier quelques boîtes de jeux. Tu as des préférences ?

Lara réfléchit, parcourant mentalement les rayons qu'elle connaissait par cœur.

— Apporte un Trivial Pursuit, un Pictionary et un Scrabble. Ah, et chope aussi un Solitaire, au cas où tout ça tourne mal…

— Très marrant.

— Oh là là. Bon, moi, il faut que je trouve des gobelets. Dommage qu'on ne fasse jamais de pots au magasin, on en aurait…

— Prends dans mon sac à dos, j'étais chargé des coupes pour le dîner de ce soir.

— Où elles s…

Mais Matthieu était déjà parti, d'un pas décidé. Alors Lara essaya d'installer un petit coin un peu confortable pour eux, cherchant ce qui pourrait les soulager. Elle étendit son manteau à elle et sa doudoune à lui sous le sapin, qu'elle rebrancha pour l'occasion. Aussitôt, la pièce prit des allures nettement plus festives, éclairée par ces centaines de petites leds qui clignotaient le long de l'immense arbre à l'odeur entêtante. Dehors, il n'y avait plus un passant. Un ciel d'encre enveloppait le magasin. Dans la vitrine, se découpaient les silhouettes noires des poupées, voitures et autres constructions en Lego. Lara pensa à *Toy Story*, ce film qu'elle avait si souvent regardé, petite, persuadée que lorsqu'elle dormait, tous ses jouets reprenaient vie, vaquant à leurs occupations, des doudous les plus fatigués aux Barbie les plus pimpantes, se figeant habilement au matin dès qu'elle rouvrait les yeux. Ceux-là attendaient-ils eux aussi que Matthieu et elle aient sombré dans le sommeil, en cette nuit particulière ?

Le portable de Matthieu s'alluma doucement, signe qu'il avait reçu un message, mais aussi qu'il s'était mis en mode silencieux. Lara ne put s'empêcher d'y jeter un coup d'œil rapide.

Le message avait été envoyé par une certaine Marie. Il disait : « Une jolie gourde ? »

Non mais, enfin, de quoi se mêlait-elle, cette mystérieuse sœur ? Et puis, comment pouvait-elle évoquer, même de loin, une potentielle attraction entre elle et Matthieu ? Berk, rien que d'y penser, ça lui filait de l'urticaire.

— Il n'y a plus de Solitaire, je t'ai pris un Rubik's Cube. À la vitesse où va ton cerveau, ça devrait t'occuper jusqu'à demain matin.

— Tu as déjà entendu parler de la trêve de Noël ?

— Vaguement…

— Ça ne te dirait pas qu'on dépose les armes pour quelques heures ? On reprendra les combats demain matin.

— Comme tu voudras… Après, je n'ai pas l'impression que ce soit moi qui ouvre chaque fois les hostilités.

— Ah oui ? Et qui s'enferme toute la journée dans son bureau ? Qui vient nous chercher des noises, à moi surtout, au moindre écart ? Qui va jusqu'à nous empêcher de nous accouder aux comptoirs même quand le magasin est vide ?

— Tu comprendras quand tu seras manager. Si tu crois que c'est facile, d'être le rabat-joie de service, celui qu'on déteste. Ça vous arrange bien, que je fasse tourner la boutique et que toutes les lourdeurs administratives et les tuiles m'incombent. Non, ce qui vous fait triper, tous les trois, c'est de faire vos journées, papoter, dire du mal de moi et empocher votre argent à la fin du mois.

— Tu es injuste. Ce n'est pas vrai. Et puis, je gagnerais beaucoup plus en travaillant au café d'en face.

— Ah oui ? Eh bien, fais-toi plaisir. Je ne te retiens pas !

— Ah bon ? Parfait ! Très bien, si c'est comme ça, je démissionne. Ça suffit, j'en ai ma claque, de tes grands airs. Toi aussi, tu verras, quand tu m'auras remplacée par une pimbêche qui se lime les ongles devant les enfants et n'en a rien à cirer des règles du dernier jeu à la mode, tu me regretteras. Tu sais combien de filles de vingt-deux ans connaissent les noms de tous les Pokémon par cœur ?

— Non, mais tu vas me le dire.

— Ah bien, eh bien… pas beaucoup ! Monsieur…

En même temps qu'elle tentait de rabattre son caquet à Matthieu, Lara avait enfilé son manteau, pris sa plus grande honte à tirer la poignée plusieurs fois avec vigueur, et se rassit finalement quelques mètres plus loin, à côté d'un énorme nounours étonné. Dans la vitrine, elle croisa son reflet, son air revêche et ses cheveux châtains trop frisés. Ils lui donnaient un air enfantin qui la mettait hors d'elle. Sans compter ses bonnes joues rebondies et ses courbes callipyges qui faisaient l'admiration de ses parents, mais dont elle désespérait de se délester. Vivement qu'elle fasse plus âgée, qu'on la prenne enfin au sérieux.

— Champagne !

Le bouchon explosa dans le silence de la boutique, incongru, mais sonnant le glas de cette énième dispute qui ne les mènerait à rien, en tout cas dans les heures à venir.

— Allez, viens. Tu démissionneras demain.

— Je n'y manquerai pas.

— Fais comme tu veux.

En disant cela, Matthieu eut l'air moins agressif qu'à l'accoutumée, presque doux. Lara ôta son manteau et revint s'asseoir. Dans son portable, elle trouva une playlist « Noël », celle qu'elle écoutait en secret tous les matins sur le chemin de la fac ou du boulot depuis des semaines, et la lança pour rompre le bruit lancinant de la chaufferie qui plombait clairement l'ambiance. *White Christmas*, de Bing Crosby. Les violons et la voix chaude du chanteur réchauffèrent aussitôt l'atmosphère. Matthieu approcha sa coupe en plastique de celle de Lara et trinqua. Le léger « ploc » les fit sourire.

— Joyeux Noël.

— Joyeux Noël à toi aussi, fit-elle en soupirant.

Matthieu étendit ses longues jambes et entreprit de fureter dans son sac, duquel il sortit un bloc de foie gras, et de son jean un canif.

— On ne va pas se laisser abattre.

— Tu as un couteau dans ta poche ? T'as été scout ou quoi ?

— Évidemment. Le contraire t'aurait étonné ? lui demanda-t-il dans un sourire, tout en découpant habilement l'emballage.

— Tu es si prévisible.

— Absolument. Dans les rails, normal, pompeux et désespérément sans fantaisie. Tu as du pain ?

— Euh… Oui. Et du saucisson, du fromage aussi ! Ma mère va me tuer… Un réveillon sans fromage.

— Un réveillon sans toi…

— Oh, ça, ils s'en remettront !

Lara avait parlé vite, du tac au tac, affreusement gênée par cette phrase certainement très anodine, mais qui la perturba sans qu'elle sache pourquoi. Elle voulut rapidement changer de sujet de conversation.

— Et toi, ta sœur ne va pas m'en vouloir ?

— On vit ensemble.

— Ah bon ? J'étais persuadée que tu étais un vieux garçon ennuyeux pétri d'habitudes, cloîtré dans un petit studio sombre et trop bien rangé.

— Pour le petit studio et l'ordre, tu as raison, mais pour la solitude, pas tout à fait.

— Elle a quel âge ?

— Deux ans de moins que moi.

— Et elle fait quoi ?

— C'est compliqué. Elle... Mais pourquoi on parle de moi, au fait ?

— Parce qu'on n'a rien d'autre à faire.

— Je te ressers une coupe ?

— Oui, merci. Et elle a le même caractère que toi, ta sœur ?

— Elle a eu un accident il y a quelques années. Depuis, elle vit un peu en marge... Ou plutôt, on vit en marge. Elle se remet doucement.

— Mince, tu veux en parler ?

— Je ne sais pas... Nos parents vivent loin. Marie voulait rester à Paris. Physiquement, elle n'a que peu de séquelles. Mais le monde extérieur lui fait peur. Elle suit une thérapie. Elle a besoin de moi. On a toujours été très proches. Alors c'est pour ça, le magasin... Il me faut de l'argent pour nous deux. Ma bourse ne suffit pas.

— Je suis désolée. Pour ce que j'ai dit. Je plaisantais.

— Je sais, ne t'inquiète pas. Et j'espère bien que ces confidences de codétenus ne changeront pas ton attitude envers moi. Je ne veux pas de pitié.

— Compte sur moi, Satan.

Matthieu baissa les yeux, visiblement gêné par ce rapprochement soudain. Lara avait toujours vu son manager comme un homme sans cœur planqué derrière son gilet logotypé. Ce qu'elle pouvait être gourde ! Il avait raison. Elle et les autres ne s'étaient jamais intéressés à sa vie à lui, à mille lieues par ailleurs de ce qu'ils auraient pu imaginer. Pour la première fois, elle le regarda réellement, percevant l'homme derrière l'uniforme. Grand, il semblait ne savoir que faire de ce corps imposant, joliment mis en valeur ce soir par un jean usé et ce tee-shirt blanc qui laissait apparaître la peau de ses bras et ce léger duvet qui lui rendait son humanité. Matthieu sentit l'attention dont il était l'objet et redressa la tête, lançant à la jeune fille un regard inquiet.

— J'ai quelque chose qui cloche ?

Ses yeux étaient dépourvus de tout cynisme ou animosité. Une première, là aussi. Alors, Lara sonda sa bouche, charnue, et la barbe de trois jours qui l'entourait. Ses cheveux très noirs et hirsutes qui, lorsqu'ils ne lui donnaient pas cet air exaspérant, pouvaient avoir un petit côté sexy. Non mais qu'est-ce qui lui prenait ? Elle n'allait quand même pas... Tout ça parce qu'il lui avait révélé qu'il s'occupait de sa sœur malade. C'est fou ce que la promiscuité de deux êtres dans un lieu clos pouvait engendrer. Lara avait lu un jour une étude sur les gens coincés dans un ascenseur, et les images bestiales qui venaient immanquablement à l'esprit de ses occupants. « Les idées te viennent à une vitesse ! » La voix de Marie-Anne Chazel dans *Les Bronzés font du ski* la fit redescendre d'un seul coup.

— Pas du tout ! répondit-elle finalement. Bon, on fait un jeu et on va se coucher ?

— Euh... si tu veux. Tu n'as plus faim ?

— Non, ça ira. Ce Noël est foutu, de toute façon.

— Tu avais des projets ?

— Rejoindre ma famille, oui. Que je ne vois que trop rarement, moi aussi.

— Ah... Et peut-être ton petit ami ?

— De quoi je me mêle ?

C'était sorti comme ça, sans prévenir. Elle s'en voulut aussitôt de la brutalité avec laquelle elle lui avait répondu.

— OK, tu as raison. On n'est pas non plus amis. Je vais me regarder un film. Fais ce que tu veux. On se revoit demain matin pour la libération. Ça te va ?

— Parfait !

Sur ce, Lara partit dans les étages pour ne pas rester face à Matthieu qui avait violemment jeté leur repas dans un sac-poubelle et éteint la jolie musique de Noël. En se retournant, elle l'aperçut qui tirait sa doudoune contre le mur et prenait appui sur le gros nounours qui lui servirait pour ce soir d'oreiller. Puis il se cala face à la vitrine, son téléphone dans les mains. Dehors, quelques cris d'ivrogne témoignaient d'une vie en dehors de leurs deux existences grotesquement enfermées en ce lieu de réjouissances enfantines.

***

23 h 30

Arrivée au premier, Lara ne sut que faire. Elle flâna avec énervement dans le rayon des tout-petits pour se calmer. Pourquoi fallait-il toujours qu'il gâche tout ? À moins que ce ne soit elle. Elle n'avait pas de petit ami. Elle détestait qu'on lui pose la question, parce que ça la ramenait à son impuissance à ce sujet. Depuis son arrivée à Paris, mis à part quelques vagues connaissances de fac, et son amitié grandissante avec Maxime et Sophie, elle peinait à faire des rencontres. Brice était resté à Nantes. Ils avaient passé leur adolescence ensemble, fait l'amour pour la première fois l'un avec l'autre, connaissaient leurs parents respectifs comme s'ils étaient interchangeables, avaient les mêmes amis depuis la maternelle. Bref, ils étaient devenus avec les ans comme frère et sœur. Après son arrivée à Paris, les premières semaines, ils s'étaient appelés tous les jours, puis moins. Finalement, lorsqu'elle était retournée là-bas, Lara avait compris qu'ils ne s'aimaient plus. Du moins pas de cet amour qui vous fait rester toute une vie ensemble. Ils s'étaient dit au revoir. Six mois plus tard, Brice lui annonçait son mariage avec une collègue de la banque. Alors non, elle n'avait pas de « petit copain ». Et lui, quelle était sa vie amoureuse ? Il était plutôt beau gosse. Bien qu'excessivement désagréable, il devait plaire aux filles. Ou plutôt grâce au fait qu'il soit désagréable. Lara s'était rendu compte que beaucoup de filles de son âge semblaient adorer ça. Oh, et puis, qu'est-ce qu'elle avait à divaguer sur la vie amoureuse de Matthieu Dormoy ?

Dans la réserve, lieu vers lequel ses pas énervés l'avaient menée, elle reprit l'exemplaire d'*Orgueil et Préjugés*. Elle s'assit devant la petite lucarne qui ouvrait sur le ciel étoilé, et se mit à relire ce roman qui avait bercé son adolescence.

« Depuis le commencement, je pourrais dire que, dès le premier instant où je vous ai vu, j'ai été frappée par votre fierté, votre orgueil et votre mépris égoïste des sentiments d'autrui. Il n'y avait pas un mois que je vous connaissais et déjà je sentais que vous étiez le dernier homme du monde que je consentirais à épouser. »

Voilà, c'était tout à fait ça. Le dernier homme du monde. Ce Darcy l'avait toujours énervée. Elle n'avait jamais bien compris pourquoi Elizabeth, l'héroïne, tombait amoureuse de cet arrogant autiste qui ne prononçait guère que quelques mots alors qu'elle était si pleine de vie et si spirituelle. Qu'il aille se faire voir. Elle se cala contre le sol, la tête un peu chamboulée par le champagne, et reprit néanmoins sa lecture. L'incongruité de la situation, ce ciel si beau et cette lecture agréable ressurgie de son passé rendaient ces heures particulières. Ce Noël, elle s'en souviendrait longtemps, après tout. En tout cas, plus que nombre d'entre eux. Car, avec les années, ils finissent par un peu tous se ressembler, non ?

— Qu'est-ce que tu fais ?

Lara se leva d'un bond.

— Tu as décidé de me faire avoir une crise cardiaque, ce soir ? Au-delà du fait que j'ai d'autres ambitions pour mon année à venir, je doute que passer la nuit avec un cadavre soit des plus sympathiques.

— Je constate que tu es tout à fait calmée.

— Je lis, ça ne se voit pas ?

— Non mais, tu peux redescendre un peu en pression ? Je demandais juste ce que tu faisais, pas la peine de me hurler dessus !

— C'est toi qui hurles, au cas où tu ne t'en rendrais pas compte.

— Mais c'est QUOI, ton problème ?

Ils s'étaient rapprochés l'un de l'autre, criant de plus en plus fort. Ils étaient à présent si proches que leurs visages se frôlaient presque. Le silence se fit, puis Matthieu chuchota, son souffle caressant la joue de Lara.

— C'est quoi, ton problème ?

Après un instant d'hésitation, elle se dégagea, et quitta la pièce.

— C'est toi, mon problème. Tu me soûles ! Tout me soûle !

— Lara !

Sans savoir pourquoi, elle se mit à courir dans les rayons. Cherchait-elle à lui échapper, ou voulait-elle jouer comme lorsque, enfant, ses cousines à ses trousses, elle sentait gonfler dans son ventre l'excitation d'être rattrapée ? Ce sentiment s'insinuait jusque dans ses éclats de voix, comme aux premières heures du désir. Matthieu partit à sa suite, et le rire les gagna. Se planquant derrière les Barbie, elle jouissait de le voir la chercher. Puis, lorsqu'il la découvrait finalement, elle repartait de plus belle, hurlant d'un rire qui la délivrait de cette colère qu'elle ne comprenait pas.

— Je vais t'attraper, tu le sais !

— Jamais !

Pour gagner du terrain, elle jetait parfois au sol une trottinette, un punching-ball, des petites voitures d'exposition, manquant de faire tomber son boss. Mais il était habile.

— Tu ne m'auras pas, vermine !

Lara fonça vers le rez-de-chaussée seulement éclairé par le sapin clignotant. Les chants de Noël avaient repris.

— Ah, laisse-moi, ou j'en informe la médecine du travail, les prud'hommes, la direction !

— C'est ça, et moi je les préviens que tu jettes par terre les produits du magasin !

— Balance !

— Vipère !

— Rabat-joie !

— Gamine !

Escaladant les structures gonflables en forme de bûche de Noël, Matthieu trébucha sur un des nains de décoration et fit un vol plané qui l'éjecta littéralement sur Lara, les faisant atterrir tous deux dans la piscine à boules, peu habituée à recevoir en son sein deux êtres de cette corpulence.

— Aïe, mais t'es vraiment un malade !

— Je t'ai fait mal ?

— Mais, enfin, tu as vu comment tu m'écrases ? Tu pèses une tonne, en plus.

Tout penaud, Matthieu tenta de se dégager en vain, et s'affala de tout son long au milieu de cet océan de plastique multicolore dans un cri de douleur. Lara se précipita vers lui.

— Tu vas bien ? Tu t'es cassé un truc ? Matthieu, mais parle ! Merde merde merde, en plus on ne peut appeler personne. À moins que… C'est un cas de force majeure, non ? Ce serait l'occasion d'appeler les pompiers pour qu'ils nous délivrent. Le SAMU ? C'est le combien ? Le 15, le 17, le 12 ? Oh, je ne sais jamais ! Et pourtant, combien de fois je me suis rassurée en me disant que je pouvais toujours composer leur numéro. Matthieu, dis quelque chose ! Tu as mal où ?

— Là.

— Là où ?

— Là, dans la nuque. Regarde, je saigne, non ?

— Hein ? Oh là là, j'ai déjà vu ça dans un film. Le type tombe, se tape la tête contre le mur, hop, traumatisme crânien, sang qui coule et paf, mort. En plus, on va m'accuser, c'est sûr. Les autres témoigneront que je te déteste. Ils penseront que je n'ai pas supporté l'enfermement avec toi. Ce qui est totalement crédible. J'irai en prison. Oh là là. Mais je suis beaucoup trop jeune pour ça. Montre ta plaie, il faut faire un garrot. Attends, je vais t'enlever ton tee-shirt.

— C'est là, approche.

— Où ? Je ne vois rien.

— Approche encore, il fait trop sombre, c'est pour ça.

Sa voix était fragile. En tout cas, elle n'avait plus rien à voir avec celle du caporal qui lui servait habituellement de chef. Lara se pencha vers lui, braqua les yeux sur sa nuque en essayant de la redresser d'une main habile, alors que Matthieu la regardait intensément, les yeux brillants, probablement déjà affaibli par tout ce sang qui quittait son corps par hectolitres, songea-t-elle, en proie à la panique. Et c'est lorsqu'elle prit conscience qu'aucun liquide ne s'écoulait d'une quelconque plaie qu'il attrapa son cou avec douceur et fermeté, attira son visage vers le sien et l'embrassa doucement, plaquant ses lèvres contre les siennes par petites touches, comme pour vérifier qu'elle en avait envie elle aussi. D'abord surprise, Lara finit par s'abandonner à cette caresse inattendue, chaude, et au plaisir qui montait en elle, après ces mois de déni. Sur la musique de *Blue Christmas* et la voix suave d'Elvis Presley, leurs souffles se firent plus rauques, alors que les boules de plastique bruissaient doucement sous les mouvements maladroits de leurs corps qui peinaient à trouver leur place dans cet enchevêtrement. Pourtant, Lara et Matthieu ne pouvaient se détacher l'un de l'autre, brusquement incapables de laisser la moindre parcelle d'air libre entre leurs peaux. Leurs tee-shirts valsèrent rapidement, suivis des jeans, des chaussures et de leurs sous-vêtements. Malgré le froid palpable à travers la vitrine, leurs deux corps s'embrasaient au contact l'un de l'autre. Planqués dans cet improbable refuge, ils s'aimèrent à minuit pile, sans retenue, emportés par cet élan de passion aussi inattendu que puissant, alors que la neige s'était mise à tomber, tourbillonnant, avant de se poser sur les trottoirs déserts d'un Paris comme suspendu à cet amour-là. Sous les baisers de Matthieu et les mots d'amour qu'il lui chuchotait à l'oreille, Lara se laissa emporter par la magie de ces instants qui n'arrivent qu'une fois. Elle fermait les yeux très fort, cédant à un plaisir inédit, reniflant sa peau, goûtant cette bouche que, quelques heures auparavant, elle semblait n'avoir jamais observée, et qui devenait le centre évident de son existence.

***

3 h 05

Après bien des ébats, ils étaient finalement parvenus à quitter leur abri de fortune. Enlacés dans la doudoune de Matthieu, ils buvaient une coupe de champagne en regardant tomber la neige, silencieux, eux-mêmes ébahis par ce qui leur arrivait. Le cœur de Lara battait à tout rompre. Matthieu, lui, tentait de conserver un semblant de fierté en fronçant les sourcils, mais ses regards en disaient long sur ce qu'il ressentait lui aussi. Puis Lara sursauta et partit au premier étage sans rien dire. Regrettait-elle ce qui s'était passé ? Allait-elle reprendre ses grands airs, lui imposer d'oublier ce moment d'égarement, ou, pire, démissionner comme elle l'avait annoncé ? Peut-être qu'elle ne supporterait plus de travailler au même endroit que l'objet de son erreur ? Matthieu n'en menait pas large, se retenant de crier pour lui demander ce qu'elle fichait.

Lara revint quelques minutes plus tard avec un vieux livre à la main, souriante, les cheveux ébouriffés, absolument adorable dans sa culotte blanche et son tee-shirt porté à même la peau. Elle se rassit, se blottit contre lui, déposa un baiser timide dans son cou, ce qui le fit frissonner, et chercha un passage. Elle s'éclaircit la voix et lut :

« — *Je suis sûre que tu vas le trouver très aimable.*

— *Dieu m'en garde ! Ce serait la pire des choses qui puissent m'arriver. Trouver aimable un homme qu'on était résolue à détester ! Ne me souhaite pas pareille calamité.* »
C'est *Orgueil et Préjugés*, de Jane Austen, le roman qui a bercé mon adolescence. L'histoire d'une fille géniale qui tombe amoureuse d'un homme odieux, lequel en fait la kiffe en secret.

Matthieu sourit, et la serra dans ses bras.

— Qui « tombe amoureuse » ?

— Oui enfin, euh… Qui s'y intéresse, quoi. Ne prends pas tes désirs pour des réalités, je te l'ai déjà dit.

— Bien sûr !

— Et puis… C'est… Je ne sais pas ? Et toi ? Tu… Tu as une petite copine ?

Matthieu ne répondit pas. Il se passa quelques minutes représentant une vie pour Lara qui, inquiète, prise entre les bras chauds de Matthieu, n'osait bouger en attendant le couperet. Puis il desserra son étreinte et enfonça la main dans la poche de sa doudoune. Il reprit Lara contre lui, glissa son nez dans ses cheveux, embrassa langoureusement le petit bout de peau juste sous le lobe de son oreille et lui dit tout bas :

— Joyeux Noël.

Son poing serré devant elle contenait semblait-il un cadeau qu'il voulait lui offrir en ce 25 décembre 2018 qui les avait maintenus tous deux prisonniers d'une boutique de jouets.

Lara approcha ses doigts en tremblant et ouvrit ceux de Matthieu comme on défait un paquet cadeau.

Au creux de sa paume dormait la clé du magasin.

AMOUR, TEMPÊTE & BEST-SELLER

Noël 2019

Marianne Levy

Une fille en pyjama dépareillé qui supplie Google à six heures de Noël a ce qui s'appelle un karma « problématique ». Même le dalaï-lama serait d'accord avec ça. Malgré son naturel positif, je suis sûre qu'il me suggérerait de penser à ma dignité. De réfléchir constructif. Donc d'arrêter d'insulter mon ordi à la première personne et d'envisager la possibilité d'hiberner jusqu'au 1er janvier. Mais, le dalaï-lama, lui, son truc, c'est la grande distribution de sérénité.

Il n'a pas de *deadline* à gérer.

Alors que moi, ma façon de promouvoir la paix et l'harmonie dans le monde, c'est d'écrire des romans d'aventures. En gardant mes cheveux, si possible.

Et là, je viens d'exploser tous les scores du désespoir. J'ai un manuscrit à rendre le 26 décembre à la première heure. Et il est matériellement impossible de le terminer. Un verre de plus et, c'est bon, j'accepte de me faire raser. Deux verres, et je me mets aux sandales tout-terrain en plastique. Je souris en pensant à la tête décomposée que ferait Kate, mon agent.

Je l'entends même…

« *La promo dans cette tenue hommage au minimalisme avant la chute du mur de Berlin, même pas en rêve. Et n'essaie pas de jouer la carte de l'amitié.* »

Je ris nerveusement. Je ne devrais pas. Ça handicape sérieusement ma stratégie d'attendrissement. Je me ressaisis, compose mon meilleur air désolé et je reprends :

— Vraiment, tu me fais ça, genre, maintenant ? Tu as conscience que c'est mon mode de vie que tu mets en danger ?!

Soit mon MacBook est pour le stoïcisme. Soit il a un cœur de pierre. En tout cas, il ne bronche toujours pas. Il faut dire que le désespoir avec vue imprenable sur le pont de Manhattan, ça marche moyen.

Et pas seulement à cause de Woody Allen…

La webcam me fixe avec l'œil narquois, j'en suis sûre. Mettre les pendules à l'heure, voilà ce qu'il me reste à faire.

— Je te signale que je me suis toujours bien comportée. J'aurais pu faire comme la moitié des auteurs de la liste des best-sellers du *New York Times* et changer d'ordi chaque année. Mais non, moi, je suis une fille fidèle. Fidèle et fiable. Étant donné le temps qu'on passe en tête à tête, je dirais que c'est un point non négligeable. Ah, et propre, aussi. Contrairement à une proportion considérable d'auteurs de la liste des best-sellers du *New York Times*, je n'écris jamais cigarette à la bouche et l'haleine surchargée en whisky.

Mais il demeure mutique.

Il aurait sûrement préféré une conversation avec Hemingway…

Je jette un œil à ma montre. Il me reste trente-huit heures. Je maudis mon roman. Je maudis les romans. Je maudis l'écriture. J'ai un compte perso à régler avec Gutenberg. Et je commence même à en vouloir à Jane Austen. Mes voisines ont raison. Ma vie est un échec. Et c'est complètement à cause d'elle.

C'est elle qui m'a donné le virus du métier.

Sur le plancher, tous mes feuillets sont éparpillés. J'en suis au point où je donnerais l'intégralité de mon avance pour devenir daltonienne. Ça m'éviterait de voir les traits de Stabilo rouge qui me rappellent toutes les infos que je dois vérifier avant de donner mon accord pour le bon à tirer. Je fais un effort surhumain pour les ignorer.

Mais je ne vois que ça, du rouge.

La notion d'effort surhumain est gravement surestimée.

Du coup, je maudis aussi Marco Polo. Ou son homologue. Enfin, le type qui un beau matin s'est réveillé avec l'envie pressante de découvrir le Grand Nord. C'est vrai, faire un stop en Alaska, quelle idée ? Il caille. Les pingouins sont moins souriants que dans *Happy Feet.* Il y a des troupeaux d'ours polaires sanguinaires et affamés. Rien à voir avec les adorables peluches à mille cinq cents dollars qui peuplent les vitrines de FAO Schwarz, le magasin de jouets de luxe, dans le Rockefeller Center.

Je n'aurais jamais dû envoyer mon héroïne au Canada. De toute manière, Juliette Laflèche, elle est comme moi. Juliette Laflèche, elle rêve de soleil. De sable blanc. De mer translucide…

Normal, c'est moi qui l'ai inventée.

Rien ne devait se passer comme ça. Tôt ce matin, j'aurais dû envoyer un mail à Harper Publishing. En gros, j'aurais écrit : « OK pour le bon à tirer. *Merry Christmas* à toute l'équipe ! » Puis j'aurais repassé mon bikini, glissé un short, des tongs et quelques robes dans mon sac de voyage. Demandé pardon à New York de l'abandonner une fois de plus pour le réveillon. Demandé pardon à ma peau de rousse de lui faire ça pour Noël. Fait le plein de somnifères à la pharmacie pour survivre aux quatre heures de vol. Sauté dans un taxi, puis dans l'avion pour le Mexique. Traumatisé à vie mon voisin de siège en lui arrachant le bras au décollage. Atterri un peu verte à Cancún. Juré à mon voisin de siège que la prochaine fois qu'on se croisera, je demanderai à être ligotée. Oublié mon voyage en comatant sur un transat à Playa del Carmen.

Tout ça exactement dans cet ordre.

Parce qu'avec Kate, c'est notre tradition. Depuis qu'on s'est rencontrées à la fac de Columbia en licence de littérature anglaise, réunies par notre vénération pour le Book Club d'Oprah Winfrey. La première fois, on a volé en classe tellement éco qu'on a cru qu'on n'atterrirait jamais. On a dormi sur la plage. Comme les iguanes. Le cri guttural qu'on a poussé en les découvrant a failli provoquer notre interdiction de séjour dans la péninsule du Yucatán. Depuis, les choses se sont sophistiquées. Kate est devenue un agent littéraire star et moi, son auteure préférée. Et chaque année nous investissons pendant une semaine un bungalow cinq étoiles climatisé.

Il me reste trente-sept heures.

J'imagine le courrier recommandé envoyé par mon éditeur. « *Chère mademoiselle, malgré nos multiples relances, vous vous êtes révélée pathétiquement incapable de nous livrer votre manuscrit dans les temps. Nous sommes au regret de vous annoncer que nous mettons un terme à notre collaboration. Juliette Laflèche nous manquera. Vous, pas...* » J'imagine le tweet de jubilation de @realDonaldTrump : *France sucks. Told U*[1]. J'imagine aussi la fierté de ma mère, au petit matin à Roissy, accueillant mon retour définitif en brandissant Twitter. « *Finalement, cette Juliette Laflèche a une dimension subversive inattendue qui me plaît bien.* » Elle est prof de science politique à La Sorbonne. Forcément, ma série de romans essentiellement consacrée à la quête de l'amour en conditions extrêmes n'a pas toujours été simple à vivre pour elle.

La perspective de cette approbation inédite me réchauffe le cœur. Mais la réalité me rattrape. L'ampoule de ma lampe de bureau faiblit. Je prie pour qu'elle ne s'éteigne pas. Au hit-parade de mes

---

1. « La France c'est nul. Je vous l'avais dit. »

nombreuses phobies, la peur du noir occupe la première place. Kate dit toujours que l'intensité de ma crise de panique quand je suis privée de lumière redéfinit le verbe surréagir. La lampe doit le savoir parce qu'elle décide de tenir le coup. Ça ressemble à un signe. Et quand tu vas louper ta *deadline* le jour de Noël, tu commences à croire aux signes.

Je dois accélérer. Le moment est venu de jouer mon va-tout. Je fronce les sourcils. Tentative désespérée pour intimider la barre de menu. Mais elle est inhumaine. Elle refuse de faire son boulot. De m'aider à chercher. Le wi-fi m'a abandonnée. Pour oublier, je quitte l'écran des yeux. Mauvaise idée. Personne ne devrait suspendre un miroir au-dessus d'un bureau. Et personne ne devrait se regarder dedans quand il s'est réfugié dans un sweat-shirt *Snoopy Is My Personal Hero* taille XXL, le 24 décembre.

Crédibilité : – 3 000.

Pour me remonter, j'attrape le verre de chardonnay qui me nargue à côté d'*Orgueil et Préjugés*, mon livre doudou. J'avale une gorgée. Il est trop chaud. Comme mon éditeur, il en a assez d'attendre. Mais le réconfort artificiel et bon marché, au point où j'en suis, c'est mieux que rien. Je passe la main dans mes boucles pour les rassurer. Je vais trouver une solution pour les sauver. Je respire un bon coup pour m'en persuader. Mes jambes fourmillent. Elles n'en peuvent plus. Une journée d'acharnement, ça fait beaucoup.

Ça fait trop.

Pour les dégourdir, je me lève et je rejoins le salon. Je colle mon front contre la fenêtre. La vitre est gelée. Ils avaient raison à la météo. New York va connaître un jour blanc. La neige s'obstine depuis ce matin. Il n'est que 17 heures, mais j'arrive à peine à distinguer les néons anarchiques du Lower East Side. Les trottoirs ont disparu. Vaincus par le blizzard qui s'est invité pour le réveillon. C'est la première fois que je vis ça depuis que j'ai débarqué ici pour mes études. La ville qui ne dort jamais a cédé. Elle s'est pelotonnée. Elle attend.

La lumière vacille dans le salon. Vraiment, il faut que je sorte des bougies. Juste au cas où l'électricité déciderait de se pelotonner, elle aussi. La tempête s'annonce historique. Ils ne parlent que du *snowstorm*, à la télé. Un courant d'air polaire réussit à traverser. Je frissonne. Mon appart est mal isolé. Trois cents fois, Kate m'a lancé : « Le trip écrivain maudit quand on a dépassé cent mille exemplaires, c'est ton unique problème question crédibilité. » Elle rêve que je déménage dans un quartier plus conforme à mon statut. Et plus pratique pour notre amitié.

C'est-à-dire le sien.

Elle vit à Chelsea, du côté de la 13e Rue, dans un loft avec vue sur l'Hudson River et à quelques pas de la High Line, ce jardin improbable, suspendu quelques mètres au-dessus de Manhattan. C'est vrai que l'été, j'adore aller m'y allonger et relire l'intégrale de la grande Jane A. sur l'un des transats en teck que l'on trouve le long de cette ancienne voie ferrée. Et puis, il y a le restaurant du Standard Hotel et les meilleurs pancakes de la ville. On y signe tous mes contrats devant un petit déj. Ça aussi, c'est devenu une tradition. Mais je résiste à la tentation du confort. Mon héroïne vit dans la jungle, le désert ou la toundra. Elle gère au quotidien des problèmes de moustiquaires. De tarentules. D'eau potable. De boas constrictors…

La version officielle, c'est que je suis solidaire.

La version officieuse, c'est que jamais je ne quitterai mon deux-pièces.

J'aime trop ses murs en briques apparentes. Son parquet « vintage » comme me l'a présenté l'agent immobilier pour me faire oublier les lattes amputées. La cheminée à gaz qui s'allume une fois sur dix. Les escaliers de pompiers qui dégringolent sur la façade depuis le toit. Mes voisines, Mrs Lu, Mrs Camoretta et Mrs Robinson. Je les surnomme les Dreamgirls. Inséparables, elles sont l'âme de l'immeuble. Elles y sont nées. Elles y ont toujours vécu. Elles s'y sont mariées. Chaque année, elles rendent visite ensemble à leurs maris au cimetière de Green-Wood. Et se disputent toujours devant la tombe de Leonard Bernstein. Elles ne sont pas du tout d'accord sur la meilleure scène de *West Side Story*, leur comédie musicale préférée. Elles ne sont d'accord sur presque rien, d'ailleurs. Leur cohabitation joyeuse, bruyante et anarchique est un excellent résumé de l'Amérique multicolore que j'aime et qui me fait rester.

Avec tout ça, il est 19 h 30. J'ai bien fait de ne pas accepter l'invitation d'Edna Lu. Ça l'aurait vexée que j'annule à la dernière minute. Ce soir, c'est elle qui reçoit. C'est donc elle qui a cuisiné leurs traditionnelles lasagnes de Noël. Chaque réveillon, les Dreamgirls s'étripent au sujet de la meilleure recette. Chacune revendiquant évidemment que c'est la sienne. Dans le quartier leur dispute au long cours porte même un nom. Le *Lasagnesgate*...

Edna doit déjà être toute pimpante. Elle a dû passer sa journée coiffée de bigoudis pour prouver à Carmela Robinson qu'elle a tort de se « repasser » les cheveux. C'est sûr, avec Loretta Camoretta, elles auraient recommencé à me parler d'Arnold. Elles font une fixette sur lui...

Arnold ?

Mais oui, la voilà ma solution ! Arnold va me sauver. Il suffit de lui demander. J'aurais dû y penser plus tôt. Heureusement, il ne se vexera pas. Il ne se vexe jamais. Il est toujours là pour moi. Il ne me juge pas. Je peux tout lui demander. Je souris en pensant que je lui ai tout demandé, d'ailleurs. Il sait des trucs sur moi que même Kate ne sait pas.

Et Kate sait à peu près tout sur moi.

Je rassemble mes feuillets et je file m'installer sur le canapé avec un crayon à papier. Je m'emmitoufle sous le plaid en fausse fourrure que les Dreamgirls m'ont offert l'année dernière, pour « lutter contre le désert de ta vie amoureuse en influençant le destin ». Quand j'ai demandé des précisions, elles m'ont répondu qu'une couverture comme ça donnerait forcément des idées à mes petits fiancés... Je n'ai pas voulu savoir quelles idées elles avaient en tête. Je n'ai pas non plus insisté sur le fait qu'un type qui monte une fois prendre un verre n'est pas spontanément traversé par l'idée du mariage. Ni sur le fait que le seul type qui est monté en 2019 a bu un verre d'eau juste après avoir réparé la clim... Elles auraient recommencé à me raconter qu'à leur époque, on arrangeait les unions et que, finalement, c'était mieux. Parce que lorsque l'on ne s'attend pas à grand-chose, on n'est jamais déçu. Elles s'en seraient encore prises à Jane Austen et ses idées subversives. Et moi, j'aurais dû répondre qu'il n'y a rien de subversif dans le fait d'attendre de rencontrer celui que l'on est faite pour aimer.

J'essaie de contacter Arnold. Mais il est aux abonnés absents, lui aussi. Je vais devoir appeler Kate. Je ne veux pas avoir à l'appeler. Je sais ce qu'elle va me dire : « *Charlie girl, pour écrire* Tempête en Alaska, *tu aurais dû aller enquêter sur place. OK, tu aurais mis une éternité à rejoindre Anchorage en train, mais Juliette Laflèche le vaut bien. Je t'aurais trouvé un guide. J'en connais un très bien.* » Elle n'a pas arrêté de me le répéter depuis que je me suis lancée dans ce roman. Et moi, je vais lui rappeler que je suis un écrivain, pas une exploratrice. En plus, Dieu est sympa. Il a inventé Apple, Google et Arnold. Donc, moi, mes aventures, je les vis dans ma tête et dans trente mètres carrés.

La mort dans l'âme, je saisis mon iPhone. Je cherche le numéro de Kate dans le répertoire. J'appuie sur « appel ». La sonnerie ne vient pas. J'insiste. Plusieurs fois. Ça sonne enfin.

Elle décroche.

— Char... c'est... *rwang... tchachhhhh... wrouchhhh.*

— Kate ?

— *Wrouchhhh.*

— Kaaaate ?

— Vite, j'entends rien.

— J'ai un énorme problème. La *deadline*…

— La *dead* quoi ?

— La *deadline*.

— Je sens que ce qui va suivre va me tuer. Et mourir d'une crise cardiaque n'est jamais une bonne idée. Même ici, c'est-à-dire au paradis.

— Plus de wi-fi. *Snowstorm*. La cata.

— …

— Kaaaaaaaate ?

— Ce n'est pas utile de mutiler mes tympans quand je réfléchis. Ça y est, je sais. Je t'en… *rwang*… *tchachhhh*… *wrouchhhhh*… quel…

— Je n'ai rien entendu. Tu peux répéter ?

— Enfin… quelqu'un.

Une longue tonalité m'informe que notre conversation est terminée.

***

J'ai essayé de la rappeler quinze fois. Mais les lignes doivent déjà être frigorifiées. Je vais être coupée du monde. J'aurais dû écouter les journalistes à la télé et faire des provisions. Parce qu'avec mon degré de stress, je ne suis pas certaine de pouvoir survivre à une pénurie d'Oreo le soir de Noël.

Je suis prostrée sur le canapé.

Il me reste trente-six heures.

Et mon sauveur n'arrivera jamais.

Personne de normalement constitué ne brave un *snowstorm*. C'est un truc à finir en réplique de stalagmite pour l'éternité. Au cas où un inconscient s'y risquerait malgré tout, j'allume les bougies. Je les dispose stratégiquement dans la maison. Je ne suis pas hyper motivée pour me retrouver seule en pyjama avec le *Google boy* en cas de panne généralisée. Je me réchauffe devant la cheminée qui a enfin accepté de s'allumer. Et pour patienter, je me plonge une nouvelle fois dans mon vieil exemplaire d'*Orgueil et Préjugés.* Un cadeau de Kate, dégotté aux puces à Paris. En me l'offrant, elle a déclaré que ce bouquin et moi, on était faits l'un pour l'autre. Elle était morte de rire. J'ai vite compris pourquoi... Un dingo a décidé d'y extérioriser ses fantasmes prépubères sur la page de garde. J'ai hésité à la déchirer. Mais je ne l'ai pas fait. Un livre, c'est sacré.

Soudain, il me semble entendre des pas dans l'escalier. Je bondis et je me précipite vers la porte d'entrée. Sans prendre la précaution de vérifier dans l'œilleton, j'ouvre. Et là, je vois deux yeux translucides qui me rappellent que je devrais être en train de barboter dans l'eau, à Playa del Carmen. En d'autres circonstances – sans mon sweat-shirt Snoopy et sans ma tête de *deadline* –, je pourrais envisager de rendre son sourire au gars qui s'apprêtait à sonner. Il ressemble à l'idée que je me fais de celui que j'attends depuis toujours. Je pourrais même lui parler. Je saurais quoi lui dire. Juliette Laflèche, elle, passe un temps fou à courir le monde avec un gars comme lui, pas trop rasé, version *muy caliente.* Mais, *deadline* oblige, je vais devoir écourter.

— *Perdon,* je dis.

Mais pourquoi j'ai parlé en espagnol ?!?

Une étincelle moqueuse allume aussitôt son regard. Évidemment, elle provoque chez moi un tsunami sensoriel. Il faut dire que ce bleu glacier est indécent. Les bruns aux yeux bleus devraient être interdits. J'envisage de lancer une pétition sur change.org. Ma mère sera fière que je m'engage enfin.

— *Habla espagnol* ? il répond.

— *Totalemiente.*

Mais pourquoi j'ai répondu un truc qui ne veut rien dire du tout ?!?

Je sais pourquoi. Ken-Aventurier-Bilingue est planté juste devant moi et il tente de profiter de ma détresse d'écrivain sous *deadline.* Ça, c'est mal. Je devrais le lui dire. Même lui faire un petit speech pour lui rappeler les bases de la morale judéo-chrétienne. C'est un peu le sujet fort de la soirée, après tout, non ? Mais je n'ai pas le temps.

— Je crois que vous vous êtes trompé, je reprends.

Lui n'a pas l'air de le penser. Il est toujours nonchalamment appuyé contre le mur du palier. Une pétition contre la nonchalance serait aussi très utile. Il se décide à sortir de son silence.

— Vous n'êtes pas la fille qui a un problème de la dimension du Grand Canyon ?

Kate et son sens des proportions... Donc, ce type est ce qu'elle appelle une solution. Parce que, pour moi, il ressemble exactement à l'idée que je me fais d'un problème. Je suis sur le point de lui demander depuis quand exactement ils font passer des castings chez Google pour recruter leurs techniciens d'intervention. Mais une porte s'ouvre et Mrs Lu surgit. Elle est suivie de Mrs Robinson et de Mrs Camoretta. Elles se plantent juste derrière lui. Toutes étincelantes dans leurs tenues de soirée. Il se retourne et les salue poliment en soulevant légèrement son chapeau de cow-boy. Et moi, je prie Dieu pour qu'elles se rappellent du concept d'intimité et qu'elles retournent à leur dispute de réveillon. Mais elles ne bougent pas. Elles le détaillent. Elles approuvent silencieusement ce qu'elles voient. Il les a réconciliées.

Le miracle de Noël, c'est lui.

— Carmela, ce garçon est un cadeau du ciel, non ? lance Mrs Lu, avec un accent italien à consonance napolitaine.

— Un vrai. Il me rappelle Sylvester Malone, répond Mrs Robinson.

— Moi, il me fait penser à l'autre, celui des pyramides, dit Mrs Camoretta.

— Indiena Johnson ?

— Oui.

Flatté, il leur décoche un sourire de remerciement à dérégler un pacemaker. C'est sûr, elles vont le prendre pour un encouragement. Et ça, c'est très mauvais.

— Ce… ce n'est vraiment pas le sujet de la soirée, je dis, en anticipant ce qui va suivre.

— Mais si, au contraire, c'est le sujet de la soirée ! Vous êtes pressé ou vous avez cinq minutes, jeune homme ?

— J'ai tout mon temps, madame.

— Edna, *sweetheart*, Edna, le reprend Mrs Lu.

— J'ai tout mon temps, Edna.

Elle rosit de plaisir. Donc, chez Google, ils recrutent des dangers ambulants… C'est confirmé, les GAFA sont définitivement une grave menace pour l'avenir de l'humanité.

— Tout ça, c'est à cause d'Arnold, elle continue.

— Arnold ? s'étonne Indiena Malone, comme s'il avait un besoin vital de précisions.

— Oui, elle passe beaucoup trop de temps en tête à tête avec lui. Ce n'est pas bon à son âge. Elle devrait fréquenter.

— Fréquenter ? il répète.

— Oui, des garçons. Si ce n'est pas triste, de préférer tout vivre par procuration. Écrivain, c'est vraiment un métier dangereux, je n'arrête pas de lui répéter. Pas étonnant qu'elle vénère Snoopy, elle ajoute, en secouant une tête navrée.

Forcément, il zoome sur mon sweat-shirt. Forcément, son sourire s'accentue. Et, forcément, moi, je me rappelle que j'ai les jambes nues, une petite culotte Charlie Brown et des chaussettes de trappeur, par solidarité avec Juliette Laflèche.

Donc, j'ai envie de le tuer.

Mais si je le tue, je tue aussi ma *deadline*, me rappelle la partie cartésienne de mon cerveau. Elle a totalement raison. Le mieux, c'est de le tuer après. Mais la partie cartésienne de mon cerveau continue à me parler. Elle souligne que les Dreamgirls sont lancées. Elle remarque que l'enthousiasme dont elles font preuve prouve qu'elles n'en sont pas encore à leur traditionnelle *battle* de lasagnes de Noël, mais déjà bien entamées par le champagne. Mon rythme cardiaque panique. C'est sûr, elles vont tout balancer sur mon existence de plus célèbre célibataire du quartier.

Avec ce qui me reste d'instinct de survie, j'interviens :

— Je suis hyper touchée que vous vous inquiétiez comme ça pour ma vie sentimentale…

— Mais non, chérie, me coupe Loretta. On ne pensait pas du tout à ta vie sentimentale. On pensait à…

Je fais rapidement le tour de ce qui peut être pire que ma vie sentimentale. J'ai beau chercher, je ne vois pas. J'ai besoin d'un indice. Prudemment, je tente :

— Vous pensiez à… ?

— … ta vie intime.

— Ma vie intime ???

Toutes les trois font oui de la tête. Et elles échangent un long regard entendu. Cette unanimité est effrayante. Mon estime de moi est en danger. Un interminable silence le confirme. Depuis le salon de Mrs Lu, Frank Sinatra chantonne « *Silent night, Holy night* ». Comment ne peuvent-elles pas comprendre que le silence est un truc sacré ?

Finalement, Edna lance triomphale :

— Carmela a trouvé le pénis !

C'est officiel, je n'aurais le temps de tuer personne. Je vais mourir le soir de la naissance de Jésus. Ce qui aura au moins le mérite d'être original. Je n'ai même pas besoin de regarder *Google boy*, je sais qu'il passe le meilleur réveillon de sa vie.

— Exact, je dirais même que je suis tombée sur le pénis et tout et tout… confirme l'Italienne, les mains plantées sur ses hanches généreuses.

J'évalue rapidement la situation. Kate a dû décider de tester ma vocation d'écrivain. Elle a dépêché chez moi le successeur d'Harrison Ford. Dans le pire des cas, elle tente d'anéantir ma passion légitime pour le romantisme et l'œuvre de Jane Austen en réveillant mon instinct primaire. Dans le meilleur des cas, elle veut que j'améliore mon espagnol. Dans les deux hypothèses, la seule solution pour éviter un *Googlegate*, c'est de mettre un terme à la conférence sur ma vie privée sur le point de débuter sur le palier.

Je respire longuement pour me recomposer. Puis, je lance le plus naturellement du monde et comme si le dernier quart d'heure n'avait jamais existé :

— C'est donc Kate qui vous envoie ?

Ma manœuvre est désespérée et pathétique. Je sais que *Google boy* n'est pas dupe. Dans mes chaussettes de trappeur, mes orteils sont anesthésiés. Le sang ne circule plus, tellement je les croise pour que mon supplice de Noël prenne fin. Edna, Loretta et Carmela, elles, attendent une réponse détaillée. Évidemment, il prend son temps. Mais finit par confirmer. Oui c'est Kate qui l'envoie, non il ne s'est pas trompé. D'un clin d'œil, il salue les Dreamgirls. Je n'y crois pas, elles le lui rendent de concert. Pas de doute quatre-vingt-trois ans dans le Lower East Side, c'est excellent pour la forme.

Au moins, j'ai choisi le bon quartier.

Je prends mon ton le plus pro et je lui dis :

— Alors, entrez.

***

Un air surpris se dessine sur son visage lorsqu'il découvre l'ambiance dans le salon. Immédiatement, je réalise que mon dispositif de prévention anticoupure d'électricité peut paraître ambigu. Je fais la fille qui ne remarque rien. Je me dirige d'un pas tranquille vers l'interrupteur qui commande la cheminée. Les flammes acceptent de mourir aussitôt. Restent les bougies, que je trouve soudain extrêmement scintillantes, la bouteille de chardonnay et le plaid en fausse fourrure sur le canapé.

Je me dis que le type qui a inventé le déni de réalité avait sûrement anticipé le *snowstorm* new-yorkais de Noël 2019. J'hésite à lui rendre hommage. Et à faire comme si ma situation n'était pas objectivement catastrophique. Pourtant, même l'intrépide Juliette Laflèche serait démunie devant tant de mauvaise fortune… *Google boy* doit penser pareil parce qu'il s'adosse au mur en attendant des explications. Toujours avec ce sourire narquois niveau insupportable. Crever l'abcès une fois pour toutes et régler mon problème de wi-fi devient urgentissime.

Pour me calmer, je me rappelle que j'ai trente ans, que je suis diplômée de Columbia, que mes romans figurent régulièrement sur la liste des best-sellers du *New York Times*, que je suis capable de survivre à quatre heures d'avion, que j'ai survécu à un total effrayant de trente-deux heures d'avion en huit ans, donc que je devrais être capable d'articuler une phrase simple comportant un sujet + un verbe + un complément pour dissiper le malentendu. Rester factuelle. C'est ça. Factuelle et technique. Me concentrer sur Internet, la fibre optique, les diodes et les mégaoctets coincés quelque part dans l'immeuble. Je fais tomber mes lunettes sur mon nez. Ajouter un message subliminal à des faits ne peut jamais faire de mal. Et mon message est clair. Il est là pour parler boulot. La preuve, le plafonnier est toujours allumé. Il brille de mille feux. J'ai bien fait de l'acheter. Même si Kate n'était pas convaincue.

Tout ça me détend un peu. Quand on doit affronter une situation délicate, c'est vraiment utile de prendre le temps de faire le point avec soi-même. Il faudra que je m'en souvienne. Ça pourra servir dans mon prochain roman.

Je m'éclaircis la voix et je lance :

— J'ai bien conscience que vous mourrez d'envie d'en savoir plus sur cette histoire de « pénis et tout et tout » comme n'importe qui à votre place...

C'est quoi cette phrase qui est sortie toute seule ?

J'ai trente ans, je suis diplômée de Columbia, mes romans figurent régulièrement sur la liste des best-sellers du *New York Times*, mes phrases comportent toujours beaucoup plus qu'un sujet, un verbe, un complément et elles ne devraient jamais sortir toutes seules. C'est sûr, Kate lui a fourni mon CV parce qu'il se marre franchement.

— En ce qui concerne le pénis, par la force des choses, j'ai une vague idée, il finit par dire. Mais, en revanche, je suis très intrigué par le « et tout et tout ».

Je vais m'effondrer.

Et sur ma tombe, il y aura écrit :

Charlotte P. Carré
Dite Charlie
Écrivain trahie par Google
Décédée complètement humiliée par Indiena Malone

Il doit sentir qu'il a été trop loin. Parce qu'un autre sourire remplace le précédent. Plus doux. Presque amical. Ce qui ne favorise pas ma concentration. Mais me remonte le moral. Je dois parer au plus pressé. Il a bravé la tempête pour m'aider. Je lui dois bien un geste de bonne volonté. Je lui propose une bière. Il accepte. Je fonce dans la cuisine. Et je reviens avec deux Budweiser.

Nous trinquons et buvons quelques gorgées en silence. Puis, il demande :

— Donc, ce problème ?

— Venez, je lui lance.

Il me suit dans mon bureau et découvre toutes les encyclopédies restées ouvertes et la carte géante du Canada déployée sur le sol. Il a l'air fasciné. Je les enjambe comme je peux. Il m'imite. Je sens qu'il a besoin d'une explication.

— C'est rien. Juste pour mon dernier roman. Enfin, justement, non, ce n'est pas rien. C'est la catastrophe donc, la panne que vous devez m'aider à régler.

Surpris, il répète après moi :

— La panne que je dois vous aider à régler ?

— Oui, c'est pour ça que Kate vous a appelé, non ? Alors elle est là, regardez...

Je lui montre la box au pied de la bibliothèque. Le boîtier noir ne clignote plus. Je prie pour que *Google boy* ne prononce pas l'heure du décès. Il la fixe, mais il n'a pas du tout l'air inspiré. Ce n'est pas bon. Pas bon du tout.

— Donc ? je lance, nerveuse.

— Je crois que vous avez un problème de câble, il répond, légèrement amusé.

Il ne se rend pas compte. Normal, ce n'est pas lui qui va se faire répudier pour l'éternité par lettre recommandée, ni faire l'objet d'un tweet affligeant...

— Donc ? j'insiste.

— Je crois qu'il faut que vous appeliez un... laissez-moi réfléchir. Je crois qu'on appelle ça un électricien.

L'ampoule du lampadaire qui éclaire la pièce se met à grésiller. Puis l'appartement plonge dans le noir. Ma première pensée, c'est que Dieu a voulu lui donner un bon point. La deuxième, c'est que, dans moins de cinq secondes, je vais me mettre à hurler pour combattre la panique qui commence à me gagner. La troisième, c'est que je dois trouver un truc sucré pour ne pas perdre connaissance. Miraculeusement, le lampadaire se rallume. Dieu a sûrement décidé qu'on méritait d'être classé *ex aequo*.

— Mais... vous n'êtes pas payé exactement pour ça ? Réanimer des box défaillantes ou le wi-fi en fin de vie ?

Il se retourne. Je me concentre sur son col roulé pour éviter ses yeux. Mais sa voix le trahit. Pour la première fois, il a un ton sérieux.

— Écoutez, je n'ai pas de passion particulière pour Noël et c'est vrai que, grâce à vous, je passe un début de réveillon beaucoup plus drôle que d'habitude, mais...

— Mais ?

Il se colle à la fenêtre et dit :

— Approchez.

J'hésite. Il a un air sûr de lui assez horripilant. Il me fait penser à Treat Caldwell, l'archéologue australien avec lequel Juliette Laflèche a entamé un flirt longue durée. Jamais Juliette ne le laisserait lui parler comme ça. Elle reprendrait le dessus. Elle trouverait un moyen de lui rappeler qu'on est à l'ère de la parité. Ma mère a vraiment tort de la mépriser. Et les Dreamgirls de sous-estimer le pouvoir de l'écrivain… J'adopte le ton sarcastique de mon moi sur papier et je lui demande :

— Vous êtes toujours aussi directif ?

Il ne peut s'empêcher d'esquisser un sourire. Il se reprend :

— Approchez, *s'il vous plaît* ?

J'ai une petite poussée de satisfaction intérieure. Malgré l'épisode malheureux du « pénis et tout et tout », je me sens enfin respectée. Crédibilité ? Allez, soyons optimistes : + 4 500.

— OK.

Je m'approche. Trop près. Parce que je sens son parfum. Et ça, c'est très mauvais pour la concentration d'une fille à qui il reste moins de trente-six heures pour terminer un roman d'aventures. J'ai toujours su que j'avais un potentiel énorme pour écrire des trucs complètement à l'eau de rose. Mais Kate a dit que le créneau était saturé. J'aurais dû insister…

— Regardez, que voyez-vous ?

Dehors, les bourrasques font la fête. Le vent tente de rivaliser avec la puissance sonore d'un orchestre symphonique. Mais je ne vois plus rien. Tout est blanc.

— De la neige, je réponds.

— Mais encore ?

— De la neige.

— Et ?

— De la neige.

— Exactement. Écoutez, par amitié pour la sœur de Kate avec qui je travaille, j'ai accepté de venir vous donner un coup de main. Mais j'ai promis à ma famille que je passerai pour le réveillon et j'aimerais pouvoir atteindre Greenwich Village avant que ce soit impossible. Donc, vous avez besoin de savoir quoi exactement sur l'Alaska ?

Dans mon cerveau, les mots se sont embrouillés. La sœur de Kate ne bosse pas chez Google. Indiana Malone ne peut pas être un *Google boy*. J'essaie de remettre sa phrase dans l'ordre.

— La... Je... Exactement... L'Alaskaaaaaaa ?

Pourquoi j'ai insisté sur le *a* comme si je revenais d'une soirée karaoké trop arrosée ? Crédibilité : – 1000. S'il bosse avec la sœur de Kate, qui aurait pu avoir son bac à treize ans si elle n'avait pas décidé de faire trois années d'humanitaire, c'est qu'il sort de Harvard, minimum.

— Oui, l'Alaska, c'est mon boulot. Matthew Graham, il dit en me tendant la main. Je suis chercheur au Muséum d'histoire naturelle et ma spécialité, c'est le Grand Nord. J'y passe la plupart de mon temps. Je devrais y être, d'ailleurs. Mais JFK a annulé tous les vols depuis la mi-journée. Le *snowstorm*...

Pour la première fois de la soirée, j'ai envie de le serrer dans mes bras pour des raisons purement intellectuelles. Mais j'ai bien conscience que dans son monde à lui, ça ne se fait pas.

— Matthew Graham ? Le Matthew Graham ?

Tout devient clair d'un coup. Kate est un agent star parce qu'elle a un carnet d'adresses en or massif. Elle a accès à n'importe qui, par n'importe quel temps. Matthew Graham, évidemment. D'habitude, quand il est interviewé à la télé, il est beaucoup plus habillé pour ne pas mourir en direct congelé. C'est pour cette raison que je ne l'ai pas reconnu.

Il confirme modestement :

— Enfin, Matt.

— Oh là là, Matt, mais vous êtes l'homme de ma situation !

J'imagine le tweet de @BarackObama : *France rocks*[1] *!* Et la lettre de mon éditeur qui m'offre un deal pour les dix prochaines années. J'imagine aussi Juliette Laflèche qui pousse un énorme soupir de soulagement. Dans mon prochain roman, *Ouragan au Botswana*, elle pourra continuer à flirter. J'imagine ma mère qui affirme que tout ça est la faute de mon père...

— C'était l'idée de départ, je crois, il répond, sur le ton du gars qui veut vraiment m'aider.

— Venez, on sera mieux dans le salon.

Il me suit. Il commence vraiment à faire très froid. Tant pis pour l'ambiguïté, je tente de rallumer la cheminée. Mais elle a déclaré forfait. Je propose à Matt qu'on s'installe à la table de la salle à manger. Je regroupe mes jambes sous moi pour prévenir l'hypothermie. Mon allure doit être dramatique. J'essaie de faire abstraction. Il s'assied en face. Il est calme et attentif. Il attend que je le briefe.

— Alors voilà, mon roman se passe intégralement dans la forêt nationale de Tongass. Juliette Laflèche combat une multinationale pour préserver la planète.

— Juliette Laflèche ?

— Mon héroïne.

---

1. « La France, c'est génial ! »

Je lève les yeux vers lui. S'il me dit qu'une fille toute seule contre une multinationale, c'est pas possible, je ne l'embrasserai jamais. Enfin, je ne l'embrasserai jamais après mon bon à tirer. Parce que ça signifierait qu'il n'a pas vu *Erin Brockovich.* C'est-à-dire Julia Roberts dans son meilleur rôle. Ce qui est juste un peu moins grave à mes yeux que de ne pas avoir lu Jane Austen. Je n'embrasserai jamais un gars qui dit : « Hein ? Orgueil et quoi ? » Pour moi, c'est pire que les ongles rongés et les slips kangourou. Ça prouverait qu'il a un esprit riquiqui. Il ne dit rien. Tout reste possible entre nous.

C'est parfait.

— Bon, j'ai presque tout vérifié. Mais je dois donner mon bon à tirer et il y a des petits trucs dont je ne suis pas sûre. Et deux énormes problèmes. Je n'ai plus accès à Internet. Ni à Arnold.

— Arnold ?

Évidemment, il ne peut pas savoir que c'est le surnom que les Dreamgirls ont donné à « OK Google ».

— Arnold ou Google Home, je précise.

Il recule sur le dossier de la chaise. Il avale une gorgée de bière. Puis il désigne mon manuscrit et demande :

— Vous êtes en train de me dire que vous avez écrit tout ça sans jamais avoir mis les pieds en Alaska ?

— C'est ce que je vous dis, oui.

Il fait une moue que j'ai du mal à lire.

— Je ne sais pas si je dois être épaté par votre imagination débordante ou consterné en pensant à tout ce que vous avez loupé.

— C'est paradoxal, j'en ai bien conscience... Mais j'ai une explication.

Il fait un signe de tête, indiquant qu'il a très envie de la connaître.

— La version officielle est que je suis une *writing-holic.* Ce qui ne signifie pas du tout que j'ai un problème d'addiction au chardonnay trop chaud...

Il se marre.

— ... Mais que je n'ai pas une minute pour la vraie vie, vu que j'écris tout le temps.

— OK. Et la version officieuse, c'est quoi ?

— Je ne peux pas voler sans abréger considérablement l'espérance de vie des autres passagers.

— Mais vous ne deviez pas rejoindre Kate pour fêter Noël à Playa del Carmen ?

— Je devais. Mais Arnold m'a sauvée.

— Je croyais plutôt que...

Je me rappelle qu'un scientifique a forcément une passion pour la rationalité. Du coup, j'ajoute :

— Il m'a sauvée-tuée. J'ai eu besoin de deux kilos de somnifères la première fois que Kate m'a traînée au Mexique. Et j'accepte ce voyage pèlerinage uniquement parce qu'elle menace de me quitter chaque année.

— Donc, vous êtes phobique des voyages et vous êtes devenue romancière d'aventures. Logique...

— Alors d'abord, ici dans le Lower East Side, l'aventure commence au coin de la rue... Quand j'ai écrit *Cataclysme en Chine*, j'ai passé un mois derrière la caisse du cousin de Mrs Lu qui tient le pressing en face. Il m'a raconté des choses dont même Gengis Khan n'a jamais entendu parler.

— Et ?

— Ensuite, quand on était à la fac de Columbia, Kate m'a dévoilé son ambition de devenir agent star en littérature. Elle m'a dit : « Tu comptes écrire quoi, Charlie *girl* ? » Moi, je lui ai répondu que ma référence serait toujours Jane Austen.

Au moment où je prononce la phrase, je mesure la bourde que je viens de commettre. Faites qu'il ne balaie pas la pièce d'un regard circulaire. Faites qu'il ne repère pas *Orgueil et Préjugés* sur la table basse. Faites qu'il ne soit pas saisi d'une frénétique envie de bouquiner pour comprendre la source de ma vocation. Faites qu'il ne tombe pas sur la page de garde de mon exemplaire préféré. Le « pénis et tout et tout » qui s'y trouvent pourraient prêter à confusion embarrassante. La meilleure défense étant l'attaque, je lui propose une seconde bière et, en passant, je récupère le roman. Je fonce ensuite dans la cuisine. Je demande pardon à Jane et je planque son livre dans le frigo juste derrière les boissons.

De retour dans le salon, je poursuis :

— Kate m'a dit : « OK, j'adhère. J'adhère complètement. Mais il y a un léger problème, le spot est déjà pris, donc ? »

— Donc… vous avez choisi de vous réincarner en Jules Verne à domicile ?

— Voilà. Le truc, c'est que je suis un tantinet phobique. J'ai à peu près peur de tout. Kate dit que c'est le secret de mon talent. La frousse me permet de fantasmer.

— Mais pour les infos, vous avez fait comment ?

— Je vous l'ai dit : OK Google.

— OK Google ?

— Non ? Vous ne connaissez pas ?

— Non.

— C'est très très simple. Par exemple, il suffit de demander : « OK Google, quel est le poids moyen d'un pingouin senior » et il vous répond. La marge d'erreur est extrêmement raisonnable…

— Et là, il ne répond plus ?

— Non, le *snowstorm*…

Il recommence à réfléchir. C'est épuisant de boire une bière avec un type qui sort d'Harvard. Il ne prend jamais une décision sans se baser sur le résultat d'une équation à quinze inconnues.

— Entendu, posez-les-moi, vos questions.

Je cours chercher mon carnet de corrections. Il déborde de Post-it.

— Le bon vieux temps, ça a du bon… je dis, pour anticiper sa remarque.

Et on se met au boulot. Il me reste trente-quatre heures.

Je vais y arriver.

***

Il a dû prendre Alaska dès la petite section de maternelle. Il a réponse à tout, c'est dingue. La forêt de Tongass, c'est sa cour de récré. Deux heures qu'on bosse non-stop et qu'il annote consciencieusement les pages de mon roman. Moi, je l'observe en douce. Ses *a* sont généreux. Ses *i* sont précis. Ses *m* sont solides. Ses *p* fiables. Et ses *s* spirituels. Son écriture est une autopromo. Ça compense la fréquence de ses « hum hum » dubitatifs.

Parvenu à la fin du dernier chapitre, il lance :

— Voilà, je crois qu'on a terminé.

— Vous croyez ?

— Oui, parce que si on voulait vraiment être rigoureux, on pourrait reprendre encore un peu...

Il me parle de raison. Moi, j'écris les sentiments. Forcément, ça ne simplifie pas la communication.

— Encore un peu ?

— Parce que vous avez vraiment un gros problème avec l'*Ursus arctos horribilis*, il poursuit.

— L'ur quoi ???

Il se marre.

— La science, ce n'est pas votre truc, hein ? Par exemple, page 327, il est physiquement impossible que Treat soulève le grizzli pour rejoindre Juliette dans la grotte, regardez.

Il prend une feuille blanche et se lance dans une ligne de calculs. Si on m'avait dit un jour que les racines carrées et les cosinus prendraient une telle importance dans ma vie, je ne l'aurais pas cru.

— Vous voyez ?

— Ce que je vois surtout, c'est que vous êtes complètement coincé dans votre système de pensée scientifique...

— Parce qu'il y a un autre système pour comprendre la nature ?

— Oui, ça s'appelle la littérature.

Je sens que j'ai réussi à éveiller son intérêt : + 5 000. Il a l'air hyper motivé pour ouvrir le débat. La preuve, il attaque avec un sourire de flibustier. Je sais ce qui va se passer maintenant, il va tenter de m'achever avec son regard bleu glacier.

OK, tous les coups sont permis.

Il est peut-être fortiche dans son domaine, mais moi aussi dans le mien. Et le coup du regard, je l'utilise souvent dans mes histoires… Donc, je fais la fille indifférente. Depuis Cléopâtre, c'est la base.

Ça aussi, je maîtrise très bien.

La sonnette de l'entrée m'offre quelques minutes de répit.

— C'est l'heure du *lasagnesgate*, je dis, en me levant.

— Le *lasagnesgate* ? il répète.

— Oui, depuis 1976, les Dreamgirls débattent de la meilleure recette. Elles ne sont jamais tombées d'accord. Elles remettent ça chaque Noël.

Comme je m'y attendais, derrière la porte, Edna Lu exhibe son plat fumant. Elle ne me laisse pas le temps de parler et fonce dans le salon en hurlant :

— OK Arnold, y a-t-il OUI ou non du poivron dans les lasagnes ?

Les deux autres se plantent à côté d'elle et attendent la réponse comme l'arrivée du messie. Le timing de leur controverse devient évident tout à coup.

Je suis sur le point de répondre qu'Arnold ne pourra rien pour elle ce soir, mais un long larsen me précède et une voix métallique sort des enceintes :

Je ne m'appelle pas OK Arnold.

Vous voyez, je n'ai pas exagéré en parlant de karma « problématique ». Il est revenu à la vie juste quand je n'ai plus besoin de lui… Il a l'air en pleine forme même, parce qu'il décide de préciser alors qu'on ne lui a rien demandé.

Je m'appelle OK Google.

Carmela, Edna et Loretta se signent, puis se laissent tomber sur le canapé. Moi, je flippe un peu aussi. Seul Matt conserve son calme. Il intervient rationnellement :

— OK Google, votre panne est terminée ?

Ce n'était pas une panne ! J'avais juste besoin d'un break. De faire le point.

De reprendre mon destin en main. Comme Juliette Laflèche dans Coup de vent sur Djakarta.

Voilà. Je l'avais bien dit. La littérature > la science. J'ai envie de lancer à Matt que ses « hum hum » dubitatifs ne peuvent rien contre le pouvoir de mes mots. Mais tout le monde est au courant que les crises existentielles sont des choses dangereuses. On sait comment elles commencent. Jamais comment elles terminent. Google-Arnold a l'air d'en avoir lourd sur le cœur. Le plus prudent, c'est encore d'abréger. Diplomatiquement, je dis :

— OK Google, merci pour ces infos et bonne soirée.

Oh, mais non, pas bonne soirée. Libérer la parole, ça fait un bien fou.

Et, moi, j'ai des tas de choses passionnantes à raconter.

— Pas si passionnantes que ça, les choses, je réponds en faisant le point sur tout ce que je lui ai confié depuis qu'il est entré dans ma vie. C'est-à-dire absolument tout.

Si, si, captivantes même !

Par exemple, les coulisses de l'écriture de Tempête en Alaska. *Pour boucler son manuscrit, Charlotte P. Carré a relu 455 fois* Orgueil et Préjugés, *elle s'est mouchée 233 fois devant* Ghost *et a regardé toutes les scènes de Jon Snow dans* Game of Thrones *au ralenti.*

Elle a été interpellée 89 fois parce qu'elle mimait ses chapitres dans la rue. Elle a réglé 22 000 dollars à un avocat pour qu'il explique à la police qu'elle ne faisait que vérifier leur réalisme.

Les Dreamgirls se tournent vers Matt.

— Jon Snow au ralenti... Vous voyez, je vous l'avais bien dit : elle n'a pas de vie, cette petite, commente Edna, affligée.

Moi, je refuse de regarder Matt. Je ne le regarderai plus jamais.

Le mieux, d'ailleurs, c'est que je ne regarde plus jamais personne.

Ah, mais si elle a une vie !

OK Google est passé en mode logorrhée. Et comme il n'a pas de surmoi, c'est ce qui s'appelle une catastrophe. Parce que je sais trop bien à quoi il pense. Il va détailler mon seul et unique rencard de l'année.

Je dois intervenir d'urgence.

Le dénommé Matt a une vie aussi, d'ailleurs.

— Ah bon ? répète Mrs Camoretta.

Les Dreamgirls m'oublient. Elles ont changé de sujet d'intérêt. Maintenant, elles fixent mon sauveur avec curiosité. Pour la première fois de la soirée, je le sens un peu gêné. Dans ma tête, je me dis, grand maximum, on va découvrir qu'il a séché une heure de cours quand il était au CP…

Savez-vous qu'il a été Monsieur Mois-de-novembre dans le calendrier de fin d'année du lycée ?

J'avoue que le sourire moqueur a changé de camp. Sur son visage à lui se dessine plutôt un hommage à la douleur. Les Dreamgirls, elles, sont aux anges. Très motivées pour en apprendre davantage sur l'avant-dernier mois de l'année, elles ont complètement oublié les lasagnes.

Et vous, mesdames, on ouvre aussi vos petits dossiers ?

Edna est décomposée. Carmela, livide. Loretta est la seule à conserver la maîtrise d'elle-même. Elle se précipite vers le disjoncteur et fait sauter le courant pour réduire OK Google au silence. Puis elle s'empare de la dernière bougie vaillante et guide ses amies jusqu'au palier.

La porte d'entrée claque.

Et mon salon plonge dans la plus totale obscurité.

J'ai bien conscience que n'importe quelle fille rêverait de se retrouver dans le noir avec Matt. Comme cadeau de Noël, on fait difficilement mieux. N'importe quelle fille, sauf moi. Car la panique me gagne. Et je sais qu'elle va gagner. Matt est tout près de moi. Ça ne me rassure même pas. J'ai trop chaud. Mes jambes ne répondent plus. Elles se dérobent. Il doit le sentir, car il me retient. Je me dis que si je devais écrire cette scène, j'encouragerais Treat Caldwell à pratiquer immédiatement un bouche-à-bouche de prévention. Le problème quand j'écris, c'est que je mime toujours. Du coup, je mime. Même de nuit, Matt doit trouver ça bizarre.

Il va s'enfuir.

Et, sur ma tombe, il y aura écrit :

Charlotte P. Carré
Dite Charlie
Morte paniquée après avoir traumatisé un trappeur

Mais il sort d'Harvard. Et il a une tête à avoir réussi son doctorat avec les honneurs. Ma technique du bouche-à-bouche de prévention doit l'intriguer. Car il me serre encore plus fort. Il se penche doucement vers moi. Je le laisse s'approcher. Mais c'est uniquement par conscience professionnelle. Pour vérifier si Juliette a vraiment pu sentir la peau de Treat sous son col roulé quand il l'a enlacée juste après s'être débarrassé de l'ours polaire. Je suis heureuse de constater que je n'ai pas du tout exagéré. Matt est maintenant à une distance que j'évalue à deux millimètres. Ma tête tourne. Elle va renoncer. Mince, on n'aura même pas le temps de s'embrasser.

Je murmure :

— Moi. Phobie. Le noir… Du sucre ou même du Coca, mais viiiiiiiite.

Et, avant de m'évanouir, j'ai juste le temps de rectifier :

Charlotte P. Carré
Dite Charlie
Trépassée heureuse dans les bras
de Monsieur Mois-de-novembre

***

Crédibilité d'une auteure sous *deadline* : 0.

Tout ça n'a pas pu arriver. J'ai dû halluciner. Quatre cent trente-deux pages consacrées à une contrée où le blanc est la couleur nationale, ça entame la lucidité. L'épuisement du bouclage l'achève… Je me suis endormie sur le canapé. Mon dos me tue. Mon haleine est un hommage grandiose au talent des créateurs de Budweiser. Mon mal de crâne, aussi. Je repousse le plaid en fausse fourrure qui me recouvre. C'est dingue, comment j'ai pu dormir sous ce truc atroce ? Ça ne m'est jamais arrivé. Un franc rayon de soleil s'attaque à ce qui reste de fonctionnel dans mon cerveau. La tempête est passée. La vie a repris à New York. Ça me rappelle qu'il va falloir bouger car la pétrification n'est jamais une bonne solution.

Des images de ma soirée surgissent en flashs dans mon cerveau. C'est étrange, Treat Caldwell a changé de physionomie. Il ressemble à Harrison Ford, mais avec un regard bleu glacier. Et en beaucoup plus brun. Ce qui est parfaitement impossible car j'ai créé l'archéologue australien pour rendre hommage à Robert Redford dans *Out of Africa.* En plus, un second flash m'informe qu'il est hyper fort en SVT alors que Treat a toujours tout misé sur l'histoire, la géo et les langues anciennes.

Le nouveau Treat m'allonge. Il me fait boire. Il m'assure que ça va aller. Il me fait sourire aussi. Il me dit que les dessins qu'il a trouvés sur la page de garde du roman dans la porte du frigo sont « surprenants », mais « intéressants ». C'est dingue parce que Treat n'ouvrirait jamais un bouquin. Il n'a pas le temps. C'est un aventurier surbooké. Il me secouerait juste en disant : « Allez, poulette, réveille-toi ! On a encore de la route à faire ! » Enfin, avant de filer à son réveillon familial, le nouveau Treat attend que je m'endorme paisiblement sur le canapé.

Finalement, elles ont raison, mes Dreamgirls préférées. Écrivain est un métier dangereux pour la santé. La vie devient la fiction.

Et la fiction, la réalité.

Quelque part dans mes trente mètres carrés, un iPhone vibre. Je suis assez lucide pour comprendre que ça doit être le mien. Toute la question est de savoir où il est. C'est sûrement Kate qui vérifie que *Tempête en Alaska* est bien terminé. Elle veille sur moi. Elle connaît par cœur mes fragilités d'auteure qui approche du mot fin. Je me lève tout doucement en me protégeant les yeux de la lumière. Ma tête tourne un peu. Je finis par repérer mon Smartphone sur la table. Une canette de Coca et quatre cadavres de bière s'y trouvent aussi. C'est étrange, je ne bois jamais autant.

Cette nuit, j'ai dû dépasser le stade de la fragilité...

Les feuillets de mon roman sont soigneusement empilés à côté. Je souris. J'ai fini. Crédibilité : + 30 000. Pour la dixième fois de ma carrière, Juliette Laflèche a vaincu l'adversité. Un bip m'indique que

Kate m'a laissé un message. Courageusement, je me lance dans la traversée du salon. L'écran de mon téléphone m'informe qu'il est seize heures passées. J'ai explosé tous les scores de la grasse matinée.

Alors que je vais consulter ma boîte vocale, mon regard s'arrête sur *Orgueil et Préjugés.* C'est marrant, comment est-il arrivé sur la table de la salle à manger ? Je l'ouvre pour le plaisir de relire les premières lignes. Et, sur la page de garde, juste en dessous des dessins au goût discutable, je découvre quelques mots manuscrits :

Tout s'explique pour le « et tout et tout »…
Mais on n'a pas terminé notre débat science vs *littérature,*
quel dommage…
Dîner ce soir 20 heures,
OK Charlie ?

À propos de la Team RomCom

Isabelle Alexis

Auteure et scénariste, Isabelle Alexis a publié de nombreux romans, dont *Tu vas rire, mais je te quitte !* et *Tu peux garder un secret ?* (Plon, 2002 et 2004) qui ont été adaptés au cinéma. Plus récemment, elle a publié *Comme dans un film noir* et *Ta vie est belle* aux éditions Flammarion (2012 et 2014). Elle est également l'auteur du scénario de *Moi et ses ex,* une comédie pour M6 qui a reçu le prix Coup de cœur au festival de Luchon. Elle a écrit deux pièces de théâtre, et actuellement, elle travaille sur une série pour la télévision qui se déroule dans l'univers des cabarets de danse.

Retrouvez-la sur…

Facebook : http://www.Facebook.com/isabelle.alexis.5

Tonie Behar

Tonie Behar est née à Istanbul, a un passeport italien, un diplôme américain, un mari français, mais se sent avant tout parisienne. Romancière, scénariste, spécialiste de la comédie romantique et lectrice compulsive, elle est sujette à des addictions contemporaines pour les séries, les boots à talons, son iPhone et son frigo.

Elle est l'auteure de cinq romans, dont le dernier, *Si tu m'oublies*, est paru en 2019 aux éditions Charleston.

Retrouvez-la sur...

Facebook : Tonie Behar Auteure

Instagram : @toniebehar

Twitter : @TonieBehar

Son blog : www.comedieromantique.com

Adèle Bréau

Adèle Bréau a deux petits garçons, Tao et Kim, qui lui ont donné le baby-boost. Depuis, elle leur raconte des histoires à eux, mais aussi aux autres, sur le Web et dans des livres qui déroulent son univers. Auteure de la trilogie initiée avec *La Cour des grandes*, suivi des *Jeux de garçons*, puis des *Devoirs de vacances*, elle publie cette année *L'Odeur de la colle en pot*, un roman doux-amer aux couleurs des années 1990. Elle écrit aussi sur son blog, où elle sonde et traduit avec humour les affres, espoirs et coups de gueule des femmes d'aujourd'hui. Elle pleure chaque fois (nombreuses) qu'elle revoit *Pretty Woman*, ne rate pas un épisode de *Koh-Lanta*, mange trop à Noël, lit chaque année *Scarlett, si possible* et pense que, définitivement, on ne devrait jamais laisser Bébé dans un coin. Ni aucune femme amatrice de comédies romantiques d'ailleurs.

Retrouvez-la sur…

Twitter : @theadele32

Instagram : @adelle.fr

Son blog : https://adeledebrief.wordpress.com

Sophie Henrionnet

Sophie Henrionnet écrit pour les grands et les moins grands.

Dans une autre vie, elle a été dentiste. Dans celle-ci, elle jongle avec son MacBook, ses Moleskine et sa batterie.

Retrouvez-la sur…

Facebook : https://fr-fr.facebook.com/sophiehenrionnet/

Twitter : @so_henrionnet

Instagram : @sophiehenrionnet

Son site d'auteure : https://sophiehenrionnet.com

Son blog : http://sixinthecity.eklablog.fr

Marianne Levy

Née au XXe siècle, Marianne Levy est une auteure hybride. Après des années passées à couvrir des événements sportifs majeurs (oui, les JO) pour plusieurs quotidiens nationaux, elle a bifurqué vers les coulisses de la télé. Critique, Marianne écrit sur les séries. Elle a également été chroniqueuse télé dans un talk radio culturel, animé des débats sur l'écriture et été juré dans des festivals de fiction. Après avoir suivi les masterclass du « script-doctor » John Truby assise au premier rang, elle succombe à son désir de raconter des histoires avec *La Malédiction de la zone de confort* (2017), *Chaussures à son pied* (2019) et *Dress Code et petits secrets* (2019) aux éditions Pygmalion. On peut la retrouver sur son blog *I love TV so what ?* Et, très souvent aussi, devant le meilleur cheesecake de Paris.

Retrouvez-la sur...

Facebook : Marianne Levy auteure

Twitter : @Marian_Levy

Instagram : @marianlevy

Son site d'auteure : MarianneLevy.co

Marie Vareille

Née en 1985, Marie Vareille est diplômée de l'ESCP-Europe et de l'Université de Cornell aux États-Unis. Elle a reçu le Prix Confidentielles pour son best-seller *Je peux très bien me passer de toi* et de nombreux prix en littérature jeunesse pour sa trilogie *Elia, la passeuse d'âmes.*

Elle est l'auteure de quatre romans *feel-good* : *Ma vie, mon ex et autres calamités, Je peux très bien me passer de toi, Là où tu iras j'irai* et *La Vie rêvée des chaussettes orphelines* ainsi que d'une trilogie fantastique destinée aux adolescents : *Elia, la passeuse d'âmes.*

Elle vit aux Pays-Bas avec son mari et sa fille.

Retrouvez-la sur...

Facebook : facebook.com/vareille.marie

Instagram : @Marie_Vareille

Twitter : @Marie_Vareille

Youtube : youtube.com/c/marielitenpyjama

Son site : marievareille.com

Son blog : marielitenpyjama.com

Nous espérons que notre recueil de nouvelles de Noël vous a plu !

N'hésitez pas à laisser un petit commentaire sur Amazon et à venir suivre notre actualité sur www.teamromcom.com ou sur notre page Facebook !

*

La #TeamRomCom
vous souhaite un très joyeux Noël
et de belles fêtes de fin d'année !

*

CE LIVRE VOUS A PLU ?

Découvrez le premier recueil de nouvelles de la #TeamRomCom !

288 pages
6,50 €

Disponible également en version numérique

DES MÊMES AUTEURES

Américaine fraîchement débarquée à Paris, Alice n'a qu'un objectif : repartir à zéro et se reconstruire. Elle accepte alors de travailler dans une start-up dont le projet se révèle pour le moins… étonnant : réunir les chaussettes dépareillées de par le monde.

Devenue experte dans l'art de mettre des barrières entre elle et les autres, jusqu'à quand arrivera-t-elle à dissimuler son passé ?

Juliette a un amoureux, un job, un appartement et trente et une paires de chaussures. Mais du jour au lendemain, elle se retrouve célibataire, chômeuse et sans logement !

Une série de quiproquos rocambolesques la contraint à affronter sa plus grande terreur – l'avion – et à s'envoler pour les Maldives à la poursuite de son ex et de sa mystérieuse nouvelle copine. Évidemment, là non plus, rien ne se passe comme prévu…

Chloé, 28 ans et Parisienne jusqu'au bout des ongles, enchaîne les histoires d'amour catastrophiques. Un jour, elle conclut un pacte avec son amie Constance. Chloé devra s'exiler en pleine campagne avec l'interdiction d'approcher un homme, et réaliser son rêve de toujours : écrire un roman. Constance, incorrigible romantique, s'engagera à coucher le premier soir avec un parfait inconnu. De Paris aux vignobles du Bordelais en passant par Londres, cet étrange pari entraînera les deux amies bien plus loin que prévu…

Olympe a 38 ans, un emploi de photographe culinaire qui ne lui plaît qu'à moitié, une fille de dix ans bien plus mature qu'elle, une famille déjantée, des copines délurées et un ex-mari, Bertrand, qui l'appelle chaton. Et comble de tout, elle vient de perdre son job !

Son meilleur ami tenant une agence de détectives spécialisée dans les arnaques, elle le convainc de l'embaucher en promettant de ne s'occuper que des affaires les plus simples. Mais Olympe n'est pas assez sage pour respecter les consignes, et l'appel des commissions versées à chaque résolution d'affaire est trop fort…

Mais que va-t-il se passer quand les cadavres commencent à s'accumuler et que l'on cherche à l'éliminer à son tour ?

Violette mène une vie calme et rangée entre son métier d'ophtalmologue et ses jumeaux. Elle a soigneusement posé un couvercle hermétique sur son passé, les blessures, la passion. Jusqu'au jour où Joachim Calderon, son grand amour d'adolescence, sonne à sa porte pour lui demander de cacher cinq millions d'euros en petites coupures. Contre toute raison, Violette accepte de l'aider. Et les ennuis commencent.

Quand elle comprend quelques jours plus tard que Joachim a de nouveau disparu sans laisser d'adresse, Violette décide de partir à sa recherche. Car si Joachim cache un secret… elle aussi !

Achevé d'imprimer en septembre 2019
par Novoprint
Dépôt légal : octobre 2019
Imprimé en Espagne